ROSA minha irmã ROSA

COL. OBRAS DE ALICE VIEIRA

ROSA, MINHA IRMÃ ROSA, Prémio de Literatura Infantil «Ano Internacional da Criança», 15.ª edição, 1998.
LOTE 12, 2.º FRENTE, 11.ª edição, 1998.
CHOCOLATE À CHUVA, 11.ª edição, 1999.
A ESPADA DO REI AFONSO, 10.ª edição, 1996.
ESTE REI QUE EU ESCOLHI, Prémio Calouste Gulbenkian de Literatura Infantil 1983, 11.ª edição, 1999.
GRAÇAS E DESGRAÇAS DA CORTE DE EL-REI TADINHO, 10.ª edição, 1998.
ÁGUAS DE VERÃO, 6.ª edição, 1998.
FLOR DE MEL, 6.ª edição, 1998.
VIAGEM À RODA DO MEU NOME, 8.ª edição, 1999.
PAULINA AO PIANO, 5.ª edição, 1999.
ÀS DEZ A PORTA FECHA, 5.ª edição, 1998.
A LUA NÃO ESTÁ À VENDA, 6.ª edição, 1999.
ÚRSULA, A MAIOR, 4.ª edição, 1998.
OS OLHOS DE ANA MARTA, 3.ª edição, 1998.
LEANDRO, REI DA HELÍRIA, 3.ª edição, 1998.
PROMONTÓRIO DA LUA, 3.ª edição, 1998.
CADERNO DE AGOSTO, 2.ª edição, 1998.
SE PERGUNTAREM POR MIM DIGAM QUE VOEI, 3.ª edição, 1999.
UM FIO DE FUMO NOS CONFINS DO MAR, 1999

COL. HISTÓRIAS TRADICIONAIS PORTUGUESAS

CORRE, CORRE CABACINHA, 1991.
UM LADRÃO DEBAIXO DA CAMA, 1991.
FITA, PENTE E ESPELHO, 1991.
A ADIVINHA DO REI, 1991.
RATO DO CAMPO E RATO DA CIDADE, 1992.
PERIQUINHO E PERIQUINHA, 1992.
MARIA DAS SILVAS, 1992.
DESANDA CACETE, 1992.
AS TRÊS FIANDEIRAS, 1993.
A BELA MOURA, 1993.
O COELHO BRANQUINHO E A FORMIGA RABIGA, 1994.
O PÁSSARO VERDE, 1994.
OS ANÉIS DO DIABO, 1998.
O GIGANTE E AS TRÊS IRMÃS, 1998.

OUTRAS OBRAS

EU BEM VI NASCER O SOL, 2.ª edição, 1995.
ESTA LISBOA, 1993.
PRAIAS DE PORTUGAL, 1997.
VINTE CINCO A SETE VOZES, 1999

ROSA minha irmã ROSA

ALICE VIEIRA

ilustrações de HENRIQUE CAYATTE

15.ª edição

CAMINHO

ROSA, MINHA IRMÃ ROSA
(15.ª edição)
Autora: Alice Vieira
Capa: Secção Gráfica da Editorial Caminho
sobre ilustração de Henrique Cayatte
Ilustrações: Henrique Cayatte
© Editorial Caminho, SA, Lisboa — 1980
Tiragem: 3000 exemplares
Impressão e acabamento: SIG — Sociedade Industrial Gráfica
Data de impressão: Maio de 1999
Depósito legal n.º 6939/85
ISBN 972-21-0033-5

www.editorial-caminho.pt

Capítulo 1

Quando a minha irmã nasceu, o meu desapontamento foi tão evidente que a minha mãe, abafada entre lençóis e cobertores da cama do hospital, me disse:

— Ela vai crescer num instante!

Assim como se me pedisse desculpa nem ela saberia ao certo de quê.

Num instante.

Num instante?

Num instante descia eu a rua para ir a casa da Rita trocar cromos («não te compro mais enquanto não colares na caderneta todos os que tens!», dizia a mãe tantas vezes), ou para lhe emprestar um livro, ou ela a mim.

Num instante bebia eu o leite nos dias em que me atrasava, para apanhar a carrinha da escola, a voz de Margarida nos meus ouvidos: «Olhe que por sua causa vamos chegar tarde!»

Num instante ficava em água o gelo, em tempo de calor — e o que eu e a Rita tínhamos rido no dia em que a Chica estava cheia de medo que os cubos de gelo entupissem a pia...

Não, a minha irmã não ia crescer num instante.

E eu não entendia por que razão a minha mãe tinha dito aquilo, se ela sabia, tão bem como eu, que não era verdade.

Desse dia lembro-me ainda que fui dormir a casa da minha avó Elisa, que me encheu os bolsos de rebuçados, e me deixou ir para a cama mais tarde e sem se importar de saber se eu tinha lavado bem os dentes. Já deitada, ouvi o telefone tocar muitas vezes, e sempre a minha avó respondia:

— É outra rapariga... Correu tudo bem...

O sono não vinha, por mais que fechasse os olhos com muita força, como a Rita me ensinara. O colchão da minha cama era rijo («faz bem à espinha!», dizia o pai) e o colchão da avó era mole, tão mole, com uma cova no meio. Além disso a avó Elisa tinha muito medo das constipações e não me deixava abrir nem uma gretinha da janela. Além disso...

Além disso faltava-me a voz da mãe («vá, dorme, que amanhã tens de te levantar cedo para a escola!»), faltavam-me as suas mãos a aconchegarem-me ao corpo a roupa da cama. Faltava-me saber que ela estava ao pé de mim mesmo que não a visse nem ouvisse.

Mas isso eu não dizia a ninguém, nem à Rita. Toda a gente gritava aos quatro ventos que eu já era crescida, havia de ser bonito se me vissem ali, encolhida na cama, lágrimas nos olhos e na garganta, com saudades de casa e da mãe. Até a Rita havia de rir, com certeza. Mas a verdade é que era isso mesmo que eu sentia. Isso mesmo: saudades. E era só por isso que não conseguia adormecer.

— Correu tudo bem...

E como teria sido se tudo tivesse corrido mal?

E o que quereria dizer, ao certo, «correr bem»?

A mãe e o pai tinham-me explicado como tudo acontece, logo no momento em que a barriga dela começara a crescer: o pequeno, invisível grão aí colocado pelo pai, o ovo a desenvolver-se dia a dia lá dentro, isso eu sabia. Lembro-me que um dia até achei graça ao ver mexer a barriga da mãe.

— É o bebé a virar-se cá dentro — disse ela.

— Com tanto pontapé até é capaz de vir aí algum jogador de futebol — disse o pai.

Mas tudo agora não passava de palavras, de histórias que me tinham contado. Talvez fosse isso que a Margarida queria dizer todas as vezes que, lá na escola, lhe acontecia algum aborrecimento e ela bichanava para a Teresa:

— Pois é, a gente só sabe dar o valor quando nos toca a nós!

Eu não sabia bem o que quereria exactamente ela dizer com essas palavras, mas lá que havia coisas que ficavam muito diferentes quando saíam dos livros para a nossa vida, lá isso havia.

Capítulo 2

O Pedro avisou-nos que amanhã temos provas de avaliação. A avó Elisa diz que no tempo dela não existiam estas coisas: uma pessoa chegava à escola, aprendia a ler, a escrever, a contar, e no fim do ano fazia um exame. Por isso ela encolheu os ombros quando lhe falei nas provas, e ficou toda escandalizada por eu chamar Pedro ao professor.

— Se alguma vez isso se admitia no meu tempo! Levávamos logo uma data de reguadas e ficávamos o dia todo no fundo da sala virados para a parede sem podermos falar com os outros... De resto, nem a gente se atrevia, credo! Era «minha senhora», ou «senhor professor», e tudo com grande respeitinho... Mas vocês agora sabem lá o que isso é...

Reguadas, não sei, não. (E, aqui para nós, não tenho grande pena dessa minha ignorância.) Mas respeito, sei. Só que me parece falar das mesmas coisas com palavras diferentes das que usa a avó Elisa.

No outro dia ela disse-me:

— A tua amiga Rita tem grande respeito ao pai.

Eu não respondi porque estava entretida a colar cromos novos na caderneta, mas fiquei a pensar naquilo durante muito tempo. E ainda penso. Sobretudo quando converso com a Rita lá em casa. Ainda aqui há poucos dias.

— Se eu estivesse na minha sala com um frasco de cola e um pincel, como tu estás, levava logo do meu pai — disse ela.

— Levavas o quê? — perguntei eu.

— Às vezes parece que és parvinha ou que andas a navegar por outros mundos... Levava uma tareia, o que havia de ser?

E riu, como se tivesse acabado de contar a história mais divertida do século XX.

— Mas levavas uma tareia porquê? — insisti.

— Ora... Porque podia sujar a sala, porque a sala é para as visitas, sei lá por que mais... Por tudo... Por isso é que eu fujo logo para o meu quarto mal oiço o meu pai entrar em casa. E mesmo assim... «Rita, não desarrumes nada!», «Rita, não te sujes!»... É sempre isto, mesmo quando estou quieta no meu canto... A mãe diz que a casa tem de estar sempre arrumada e que eu desarrumo tudo.

— E não desarrumas?

— Não, não desarrumo. O que acontece é que arrumo de outra maneira, e é sempre de uma maneira de que a minha mãe nunca gosta... De resto, as coisas nunca mudam de lugar lá em casa. Um dia o meu pai bateu-me porque eu pus o cacto em cima da secretária dele... O cacto era meu, parecia quase uma rosa verde com muitas folhas, e eu pensei que ele gostasse de ter uma planta bonita a fazer-lhe companhia, quando estivesse a trabalhar... Mas ele só disse que eu tinha entornado terra e água e agora a secretária estava manchada... Nem sequer reparou se o cacto era bonito ou feio... Eu olhei para a mesa e não vi lá nada, mas ele teimava que se via muitíssimo bem uma mancha mais clara no sítio onde eu tinha posto o vaso... E que mais desastrada que eu não conhecia ninguém...

Nunca falei nestas coisas à Rita, mas penso que é medo que ela tem do pai, e não respeito, como pensa a avó Elisa. E acho que deve ser horrível ter medo de alguém, sobretudo se esse alguém for nosso pai ou nossa mãe. E também acho que deve ser muito triste viver numa casa onde não podemos mexer em nada, numa casa tão arrumada como a da Rita. É claro que eu gosto de casas arrumadas (a minha irmã irá mexer nas minhas coisas?...), mas a casa da Rita cheira a museu, não cheira a casa onde vive gente. Lembro-me de uma tarde ouvir a minha mãe dizer para o meu pai:

— Aquilo é um lugar sem vida, quase nem nos atrevemos a respirar lá dentro com medo de sujar os vidros.

E era da casa da Rita que estavam a falar.

Onde a avó Elisa diz que há tanto respeito. Talvez no seu tempo fosse assim. Por isso eu gosto de viver agora, apesar de a minha mãe ainda não estar em casa, apesar de a minha irmã não ser nada como eu pensava, apesar das provas de avaliação marcadas para amanhã. As tais de que a avó Elisa nunca ouviu falar. As provas de texto livre, de desenho, de gramática, não me assustam. Só me assusta um bocadinho a de matemática. Mas o Pedro disse que eu «produzia o suficiente», por isso acho que não vai haver complicações.

Mesmo assim vou ver se trabalho um pouco mais.

Capítulo 3

TEXTO LIVRE

A minha irmã nasceu há quatro dias. É muito feia, tem a cara toda às rugas e eu ainda não estou muito certa se gosto dela ou não. Pelo menos penso que nunca vou gostar dela como gosto da Rita, que mora na minha rua e é a minha melhor amiga. Como diz a avó Elisa, a família aumentou. Só que eu gostava que a gente pudesse escolher a nossa família tal qual escolhe os amigos. Porque assim eu havia de gostar da família inteira. E nela estariam a mãe, o pai, a avó, a Rita, o Pedro, o Sr. João da tabacaria, que às vezes me dá mais uma carteira de cromos do que aquelas para que chega o dinheiro que levo.

Mas não a tia Magda, que só tem boca para palavras azedas, e só gosta de flores caras com nomes complicados, como os antúrios e as estrelícias, que a minha mãe lhe compra no dia dos anos. Quando estou triste, gosto de ter flores ao pé de mim. Mas não é preciso que cheirem ou que sejam daquelas de pés muito altos a dormir na montra das floristas. Só é preciso que estejam ao pé de mim. Que eu olhe para elas e sinta que estou tão acompanhada como se elas fossem pessoas. Sinto que há flores que nunca me poderiam fazer companhia. Os antúrios e as estrelícias, por exemplo, a delícia da minha tia Magda.

A minha mãe conta que a primeira vez que me levou a casa da tia eu passei o tempo todo a gritar dentro da alcofa. Ainda hoje, para ser sincera, me apetece gritar quando a vejo. Já sou crescida e as pessoas diriam que me estava a portar mal. Mas a verdade é que não gosto muito da tia Magda, embora a avó Elisa esteja constantemente a meter-me pelos ouvidos dentro que a gente deve sempre gostar da nossa família.

O que eu não compreendo muito bem. No ano passado, chegaram a minha casa uns primos vindos do Brasil, que eu nunca tinha visto e de quem raramente ouvia falar. Estiveram comigo uns dois ou três dias e seguiram para o Norte. Não voltei a vê-los, nem penso neles. E acho que ninguém me pode obrigar a gostar deles só pelo facto de serem da minha família. Não posso gostar de pessoas que não conheço, e de quem nada sei. Mas posso gostar muito de pessoas que não são meus primos, nem tios, nem avós. De pessoas «que não me são nada», como costuma dizer a tia Magda para me arreliar. Então a Rita, por exemplo, não é nada para mim? Se eu não posso estar um dia sem a ver, sem brincar com ela, sem conversar com ela — isto não é importante? Por isso eu digo que se escolhesse a minha família havia de lá pôr também a Rita.

E as flores. As que me fazem companhia de gente, nunca os antúrios e as estrelícias.

E o *Zarolho*, que nada no aquário da entrada.

E a *Zica*, já só com um braço, um olho muito claro na cara preta, uma carapinha roída das traças, mas ainda a boneca preferida.

E a árvore da minha rua, com o rouxinol que todas as Primaveras nela mora, e canta, e me faz contente nem sei porquê.

E a vizinha do prédio em frente, o dia inteiro agarrada à máquina de costura.

E o meu quarto e tudo o que dentro dele me pertence de verdade.

E também os livros. E os patins. E as minhas cadernetas de cromos coloridos.

Neste momento ainda não sei se a minha irmã que nasceu há quatro dias vai pertencer à minha família.

MARIANA
(2.º ano — 2.ª fase)

Capítulo 4

A mãe volta amanhã para casa.

Mas a casa está diferente, e tenho medo que a mãe também o esteja.

A cama de grades, de madeira castanha, que serviu para mim, já está posta no seu quarto, embora por agora a minha irmã vá dormir na alcofa. A banheira pequena, de plástico azul, também já está na casa de banho, pronta a servir. Há montanhas de fraldas brancas dentro de uma gaveta, mas a avó Elisa passa o tempo todo a queixar-se de que ainda são poucas.

O pior de tudo foi que tive de ceder duas gavetas da cómoda do meu quarto para lá meterem coisas do bebé, pois parece que não cabia tudo na cómoda da minha mãe.

— Como é que uma criança tão pequena pode precisar de tanta coisa?

Foi isto mais ou menos que perguntei à minha avó, mas ela estava tão atarefada a contar pela milionésima vez as fraldas da minha irmã, que só resmungou entredentes:

— Isto vai ser bonito, vai...

Não percebi o que é que ia ser assim tão bonito, mas decidi não a preocupar, absorvida que estava na contagem das fraldas.

Desde que a minha irmã nasceu, só vejo o meu pai a correr, quando ele tem tempo para ir jantar a casa da avó.

— Queres ir amanhã comigo buscar a mãe? — perguntou ele.

— Não posso. É dia de ginástica e saio mais tarde da escola.

Vi que tinha ficado um bocado aborrecido comigo, mas também eu andava aborrecida com muita coisa e ninguém parecia incomodar-se muito com isso.

— É pena. Podias ajudar a trazer as coisas da mãe, que ainda está um bocado fraca. Mas deixa lá, havemos de nos arranjar de qualquer maneira. Não me tinha lembrado da ginástica, desculpa.

Não sei porquê senti um nó no fundo do estômago, uma estúpida vontade de chorar, mas abri muito os olhos e fechei as mãos com força (a Rita tinha-me ensinado este truque de reter o choro quando ele estava mesmo à beirinha dos olhos) e não disse nada.

Só que o caldo-verde, feito de propósito pela avó para mim, de repente deixou de ter sabor.

Foi nessa altura que ouvi o meu pai perguntar:

— Então e o nome?
— Qual nome?
— Qual havia de ser... O nome para a tua irmã! Ou tu queres que ela se vá chamar Jaime?

Apesar de toda a minha má disposição ainda consegui sorrir com a ideia. De facto, todos tínhamos andado nove meses a falar no irmão que ia nascer, chamando-lhe Jaime para aqui, Jaime para acolá, como se a vinda de um rapaz fosse coisa tão certa como as 24 horas do dia.

A tia Magda, que sabia sempre tudo, e lia todas as revistas de todas as tabacarias de toda a cidade, tinha prevenido:

— Olhem que vai ser outra rapariga! Eu tenho cá um sexto sentido que não falha...

Ninguém lhe ligou, e por isso ela agora quando nos vê não pára de resmungar:

— Eu bem vos tinha avisado...

Porque além de dizer palavras azedas e de gostar de antúrios e estrelícias, a tia Magda tem outro defeito: só ela sabe sempre tudo, só ela tem sempre razão. Quando a vejo, tenho a sensação de que a tia Magda já nasceu assim, com bigode e pele enrugada, ares autoritários e um dente de ouro a espreitar-lhe da boca.

De súbito a imagem da minha tia, já velha, mas deitada numa cama de bebé, fez-me rir.

— Que foi? — perguntou o meu pai.
— Nada — disse eu. — Estava a pensar noutra coisa.

— Então acho melhor que vás começando a pensar também no nome da tua irmã — disse ele.

E acrescentou, com ar meio sério meio divertido:

— Não gosto que uma cidadã deste país esteja muito tempo sem nome...

Pensei no rosto engelhado daquele meio metro de gente que tinha visto no berço do hospital, e disse para comigo que, se todas as cidadãs tivessem aquela cara, o País estava bem arranjado...

E ainda estou para saber o que me deu para, no fim do jantar, agarrar o braço do meu pai e dizer-lhe:

— Vou contigo amanhã buscar a mãe.

Capítulo 5

Dantes havia outra avó em casa.

Era mãe do meu pai e chamava-se Lídia. Lembro-me dela todos os dias, apesar de ter morrido há quase um ano.

Mas não me lembro de nenhum avô, penso que nem sequer cheguei a conhecê-los. Isto, como costuma dizer o meu pai, é casa de mulheres... Talvez por isso a gente se tivesse mesmo convencido de que vinha aí um Jaime para mudar os ares...

A avó Lídia contava histórias dia e noite. Tinha sempre uma história para tudo, e a gente nunca chegava a compreender bem se elas eram inventadas ou se lhe tinham acontecido, nos seus tempos de nova.

Que a minha avó Lídia sempre foi nova até morrer. E se vivesse hoje, ainda continuava a ser nova. E mesmo que chegasse aos cem anos, seria nova, nova, mais nova do que eu. Ao contrário da tia Magda, que já nasceu com mil anos em cima.

A avó Lídia ria muito quando contava as histórias. Às vezes ainda ia a meio e já ria tanto que nós também começávamos a rir, como se já soubéssemos a graça final da história.

As histórias da avó Lídia raramente metiam fadas nem bruxas, nem duendes, nem coisas assim. Eram quase todas passadas com gente como nós, e talvez por isso eu gostasse tanto de as ouvir. Eram quase sempre histórias de quando ela era pequena, e de tudo o que de desastrado então lhe acontecia. Porque, ao contrário do que as pessoas crescidas costumam fazer, a avó Lídia não escondia de mim os disparates e as coisas más da sua infância. Jamais lhe ouvi dizer «eu nunca menti», ou então «eu nunca desobedeci aos meus pais», como a tia Magda constantemente me diz, sabendo eu tão bem que é aldrabice...

A avó Lídia contava muitas vezes a história da sua fuga de casa à procura da França, que era o lugar para onde tinha ido o pai dela. Toda a gente da aldeia a procurou durante um dia e uma noite, até que foram encontrá-la debaixo de um pinheiro no meio da mata, perdida de todos, mas repetindo baixinho «a França, a França...»

— Apanhei uma tareia mas nunca ninguém me tirou da cabeça a vontade de ir ver onde era a França — costumava ela dizer.

Vontade que nunca satisfez. Lembro-me de ouvir o meu pai dizer no dia em que ela morreu:

— Nunca me perdoo de não a ter lá levado. Mas a gente tem tanto que fazer que pensa sempre que há-de haver tempo para tudo noutra altura. E vamos adiando tudo...

Nunca vi o meu pai tão triste como no dia em que a avó Lídia morreu. Segundo ele diz, a avó Lídia teve uma vida muito dura e poucos terão sido os seus dias felizes.

— Pode-se dizer que só teve um pouco de descanso e alegria nestes anos em que viveu na nossa casa — disse um dia o pai, em conversa com a mãe.

Por isso ainda fiquei a gostar mais da minha avó Lídia, que andava sempre a contar histórias e a rir, como se nunca alguma coisa má lhe tivesse acontecido na vida.

E agora penso que lhe devia ter dito mais vezes como gostava dela, e como o seu riso e as suas histórias enchiam esta casa.

E como às vezes me faz falta.

A minha irmã já não vai saber quem era a avó Lídia. Mesmo que alguém lhe conte as suas histórias, já não é a mesma coisa. Era preciso ouvi-la rir, rir, rir. Era preciso ouvi-la contar que bom era ir com os irmãos mais novos até ao sapateiro, na véspera de Natal, e esperar que os sapatos novos saíssem, fresquinhos como bolos, das suas mãos. A minha avó Lídia tinha mais doze irmãos e só uma vez por ano é que havia dinheiro para dar sapatos aos mais novos.

Contava ela:

— Os mais velhos é que tinham de andar calçados porque já trabalhavam. Agora os mais pequenos tinham que aguentar descalços a maior parte do tempo. Por isso quando vinha o Natal era uma festa... O nosso Pai Natal era aquele homem, trabalhando até tarde para acabar os nossos sapatos. E nós ali todos ao pé dele, sem tirarmos os olhos daquelas mãos.

A minha irmã já não vai ouvir nada disto. Olho para ela, a dormir dentro da alcofa, cheirando a leite e a sabonete, e tenho vontade de lhe dizer:

— Sou muito mais velha do que tu, bem feito!

Capítulo 6

Desde que a minha irmã chegou, nunca mais houve sossego nesta casa.

A minha mãe anda nervosa, diz que já está destreinada, que não se entende com tanto biberão e tanta fralda.

A avó Elisa, na ajuda que vem dar todos os dias, diz que a menina está a engordar pouco, e que eu com a idade dela era muito mais desenvolvida.

A tia Magda vem cá dia sim dia não, e diz que a menina está cheia de sede, e que nunca se há-de esquecer como, se não fosse ela, eu teria morrido com falta de água exactamente naquela idade.

Só o meu pai vai mantendo a calma no meio disto tudo.

Para ajudar à festa, tem sido um corropio de visitas e familiares (daqueles que só vemos lá de ano a ano e depois olham para para nós e dizem «mas que crescida!»), todos a quererem ver o bebé, todos a quererem saber mais do que os outros, todos a quererem mostrar como se trata de crianças.

No outro dia a minha prima Isaura disse para a minha mãe:

— Já nem sabes pegar na menina como deve ser!

Fiquei a olhar para ela muito espantada. A prima Isaura nunca casou, não tem filhos, como há-de pretender ensinar a minha mãe, que já me teve a mim há dez anos?

Foi por isso que eu lhe disse:

— Então mostre lá como é!

Ela tirou a minha irmã da alcofa, passou-lhe um braço por volta do pescoço e outro pelas costas, que a minha irmã ficou toda aninhada e as mãos dela pareciam um barco ou um berço.

— Vês? — disse-me ela. — É assim. Lá saber de crianças, sei eu.

E os seus olhos ficaram de repente diferentes. Não sei bem se era tristeza, mas era um olhar que quase nos dava vontade de chorar ou de lhe fazer festas sem razão.

Notei que todos se tinham calado e a minha mãe fingiu andar à procura de um alfinete-de-ama pelo chão, mas eu bem vi que era para disfarçar e que ela sabia que não havia nenhum alfinete por ali caído.

A prima Isaura pôs a minha irmã de novo na alcofa, sorriu e disse:

— Vá! Volte para a sua cama que não lhe quero criar maus hábitos.

E tudo pareceu voltar ao normal.

Mais tarde o pai explicou-me que a prima Isaura tinha criado os irmãos todos como se fossem seus filhos. A mãe morrera quando nascera o mais novo (de repente pensei nas palavras da avó Elisa ao telefone naquela noite em que a minha irmã nasceu — «correu tudo bem» — e sinto cá por dentro uma espécie de arrepio ao pensar que ela podia ter dito «correu tudo mal»...), e o pai passara depois muitos anos na prisão. O meu pai diz que nunca conheceu homem tão bom como o pai da prima Isaura, e que dantes as pessoas eram presas quando lutavam para que todos tivessem comida, e casa, e trabalho. Eu não sei como é que se luta por isso, mas hei-de um dia perguntar ao meu pai. E hei-de conversar com ele sobre estas coisas todas.

Mas por agora é impossível conversar nesta casa. Anda tudo à volta da minha irmã, todas as conversas começam ou acabam nela, coisa tão pequena que, de repente, enche uma casa e se torna na pessoa mais importante da família.

Agora «a menina» é ela.

Se alguém telefona e pergunta «a menina?», já sei que isso deixou de ser comigo. Eu agora sou «a Mariana» e mais nada. Não é que me importe, pelo contrário, até me dá certo ar de rapariga crescida. Só que alguém podia ter tido a delicadeza de me prevenir.

Quando a confusão aumenta, geralmente por volta das sete horas, a minha vontade era meter-me no meu quarto e não voltar a sair de lá. Mas é nessa altura que todos se lembram de mim.

«Mariana vai pôr a mesa.»

«Mariana olha o telefone.»

«Mariana apanha o sabonete.»

Porque às sete horas é hora de tudo e não há tempo para nada. É hora do banho da minha irmã, é hora do biberão, é hora do pai chegar, é hora de ter o jantar pronto e — nunca percebi bem porquê — é hora de toda a gente se lembrar de telefonar cá para casa. E é hora em que já não há ninguém para ajudar. Esquisito, como todas as pessoas querem ajudar quando não são necessárias, e desaparecem na altura exacta em que precisamos delas...

Por isso o meu pai ao chegar a casa fez-me uma festa e disse:

— Tens que ter paciência... Isto é sempre assim ao princípio... Contigo ainda foi pior... Mas daqui a uns dias vais ver como tudo caminha bem.

Capítulo 7

Depois de muita discussão (felizmente que a tia Magda não estava) ficou decidido que a minha irmã se vai chamar Rosa.

O meu pai queria por força chamar-lhe Lídia, mas aí saltei eu, como se me estivessem a roubar uma parte de mim própria.

— Não quero! Não quero que ela se chame Lídia! Não quero! Não quero!

Bati com força a porta da sala e corri para o meu quarto enquanto os ouvia dizer:

— Esta criança anda uma pilha de nervos.

É claro que «esta criança» era eu.

Não gostei e decidi armar-me em forte (lá vinha o truque da Rita: abrir muito os olhos e fechar as mãos com força) e voltei para a sala. Ninguém me fez perguntas e nessa altura já se discutiam outros nomes.

Inês, Sofia, Margarida, eram-me perfeitamente indiferentes. Foi quando o meu pai disse:

— Isto tem que ficar hoje resolvido, nem que a gente esteja aqui a noite inteira! Não quero ir amanhã para a festa com uma filha sem nome.

Amanhã é o 25 de Abril e vamos todos para o parque. Até mesmo a minha irmã, dentro da alcofa, e decerto cheia de mantas como quando chegou a casa. A minha mãe já tem um saco de coisas que podem lá ser precisas — onde, evidentemente, não faltam os biberões e um monte de fraldas.

Por mim, não levo nada: gosto de ter as mãos livres para brincar, dar cambalhotas na relva, segurar no balão que o meu pai costuma comprar. Encontro sempre muitas pessoas amigas no parque e sinto que então a gente gosta mais delas do que nos outros dias.

— É pena não se poder chamar cravo... — disse a minha mãe, rindo.

— Mas pode chamar-se rosa... — disse eu, já esquecida da minha má disposição de minutos antes.

E comecei a cantarolar:

*«A rosa jurou ao lírio
amizade sem ter fim...»*

Já há muito tempo que não ouvia a minha mãe e o meu pai rirem de qualquer coisa que eu tivesse dito ou feito. Até porque — eu reconheço — nestes últimos tempos não tenho andado assim com muita graça, não.

— Por acaso era uma ideia... Até gosto de nome — disse o meu pai.

— Pronto, está resolvido, chama-se Rosa — disse a mãe.

E aqui estou eu, quase sem dar por isso, a escolher o nome da minha irmã. «Que grande responsabilidade», diria a tia Magda (e dirá, decerto, quando souber...). Esta é outra das palavras grandes que ela adora. O que me parece é que ela não vai gostar lá muito do nome, a não ser que haja perdida pelo meio da família alguma bisavó ou trisavó Rosa que eu não conheça.

A minha mãe costuma contar que no dia em que lhe disseram que eu ia chamar-me Mariana, a tia Magda virou a cabeça e resmungou:

— Mariana, só conheço a Alcoforado, e que eu saiba não era da nossa família.

Porque a tia Magda acha que as crianças que nascem têm de ter sempre nomes de pessoas da família, e essa Mariana Alcoforado de que ela falava era uma freira que viveu em Beja há muitos anos, e ficou conhecida por ter escrito um livro que a mãe já me prometeu dar a ler quando eu for crescida.

Por isso eu digo que a tia Magda não deve gostar muito do nome que, por simples acaso, escolhi para a minha irmã. E se calhar preferia vê-la com o nome de alguma bisavó antiga, ainda que fosse feio e cheirasse a bafio pelo meio das letras... Quem gosta de antúrios e estrelícias, e tem um dente de ouro a sair boca fora, é capaz de tudo...

Só duvido que seja capaz de entender por que é que eu não quis chamar Lídia à minha irmã. O meu pai também não entendeu:

— Não percebo por que ficaste tão zangada! Tu gostavas tanto da avó Lídia!

«Precisamente por isso» — ia eu a responder. Mas achei melhor não dizer nada. E peguei no frasco da cola para ir colar uns cromos novos que tinham saído numas carteirinhas que a avó Elisa me tinha trazido da tabacaria do Sr. João.

— Deixa-a... — ouvi a minha mãe dizer baixinho. E depois, em voz alta: — Rosa... Rosa é um nome muito bonito... Não sei como ainda ninguém se tinha lembrado dele! Foi uma bela ideia, Mariana!

Estupidamente deu-me uma vontade doida de assobiar. O pior é que, apesar dos esforços desesperados da Rita para me ensinar, eu não sei assobiar. Sai-me o ar todo por entre os dentes, não se percebe nada da música. Mas quando me sinto contente, é um desejo danado que tenho, e não há nada a fazer. A Rita assobia que nem um melro. Para grande escândalo da avó Elisa. Ela diz que no seu tempo era uma vergonha as meninas fazerem tal coisa.

Como deviam ser tristes as meninas do tempo da avó Elisa, com tantos exames, reguadas, medo do professor, e sem poderem ao menos assobiar...

Já passava das dez, mas como era feriado no dia seguinte ninguém estava com pressa de me mandar para a cama. De resto, aquela era uma noite diferente: a minha irmã já tinha nome. E isso devia ser muito importante, porque num quadro que a mãe tinha posto na parede do meu quarto, com um menino de olhos tristes e muita coisa escrita por baixo, a primeira frase dizia: «Todas as crianças têm direito a um nome.» A minha irmã era Rosa. Era o seu direito.

«...agora namora um cravo
as rosas são sempre assim»

Cantei eu, só para mim.
E descobri que estava a morrer de sono.

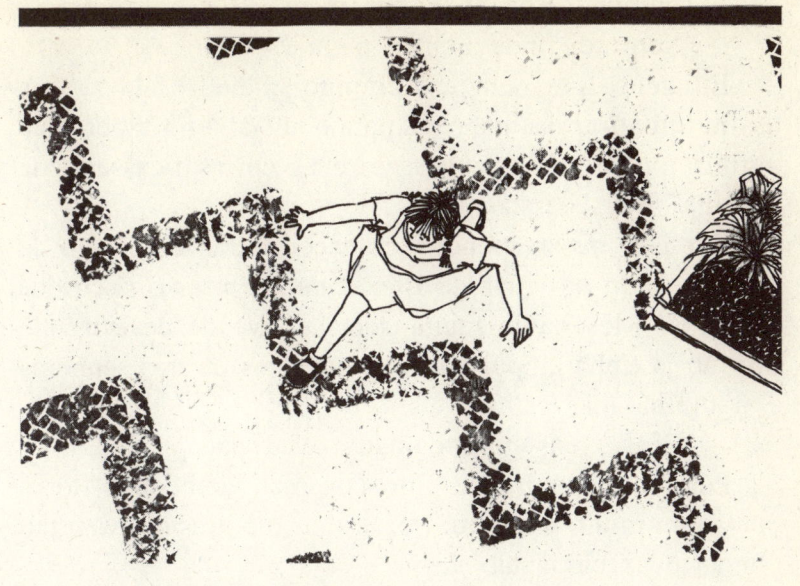

Capítulo 8

Ontem à tarde fui à Baixa com a minha mãe. As duas sozinhas, como no tempo em que «a menina» era eu.

Subimos e descemos ruas, entrámos e saímos de muitas lojas e sempre ela me dizia:

— Cada dia as coisas estão mais caras. Por este andar não sei onde iremos parar.

E por isso muitas vezes entrávamos e saíamos das lojas de mãos vazias. Olhávamos as muitas coisas bonitas, mas elas ficavam apenas nos nossos olhos, e o dinheiro nunca chegava para as levarmos para casa. Às vezes penso por que será que as coisas bonitas têm sempre de ser caras. Ou por que será que o dinheiro só dá para as coisas feias.

E sempre a voz da minha mãe:

— Nem sei onde iremos parar...

Eu acho que nem era comigo que ela falava. Era assim um atirar das palavras para o ar, talvez à espera que alguns ouvidos as apanhassem e as coisas ficassem, de repente, mais baratas.

Por isso não respondi e comecei outra vez o jogo de quando ando nas ruas da Baixa: nunca pisar o risco dos passeios. Mas havia muita gente e tive de desistir, até porque já tinha empurrado aí umas duas ou três senhoras e a minha mãe ralhara:

— Vê se tens mais cuidado, Mariana!

Passámos por muitas floristas, mas também as flores custavam muito dinheiro. Por isso as montras estavam tão cheias e as casas tão vazias.

— Que acontece se as pessoas não comprarem estas flores e elas murcharem todas nas montras? — perguntei.

A minha mãe encolheu os ombros.

— Sei lá!... Tens cada ideia!

Mas depois acrescentou:

— Há sempre enterros todos os dias... Ao preço a que estão as flores, acho que é mesmo só para isso que as pessoas ainda as compram...

— Por que é que as pessoas levam flores para os que morreram, mãe?

— Porque é a última prenda que lhes podem dar.

— E não era melhor dar-lhes flores quando estão vivos? Tu agora não levas flores para nossa casa porque elas estão muito caras. Foi o que disseste há bocado. Mas se algum de nós morresse, tu levavas. E elas continuavam a estar caras, não era?

— Não brinques com essas coisas, Mariana! És muito pequena, não entendes bem...

Isto é o pior que me podem dizer e a minha mãe sabe-o. E eu também sei que ela me responde assim quando não descobre o que me há-de responder.

Meu Deus, como é difícil viver numa família! Quando a Rosa crescer tenho de lhe explicar tudo muito bem explicadinho, para ela não ficar como a Rita, bicho-do--mato, sempre com medo de tudo e de todos. Eu cá parece-me que medo, medo, aquilo que se pode chamar medo, só tenho da broca do dentista.

Uma vez a avó Lídia contou-me que, no tempo em que ela era miúda e vivia lá na aldeia mais os doze irmãos (ou melhor, os onze, que a tia Magda veio muito cedo para Lisboa), nem sempre havia boa disposição em casa.

— Tu sabes, Mariana, a culpa nem era da minha mãe, coitada, a trabalhar dia e noite para que houvesse sempre um bocado de pão na mesa. E também não era do meu pai, morrendo aos poucos lá em França, sonhando sempre juntar algum dinheiro para nos mandar. A culpa não era de ninguém, afinal. Ou então daqueles que deixavam que as coisas continuassem assim... Assim... Uns a terem de mais, outros a não terem sequer o suficiente. Mas eu era miúda e não percebia. E às vezes davam-me cá umas raivas e fazia toda a espécie de disparates que me vinham à cabeça só para arreliar a minha mãe. Era assim uma espécie de vingança. Só que ela, coitada, não o merecia. E às vezes perdia a cabeça connosco e era tareia de meia--noite. Sabes, a gente costuma dizer que «casa onde não há pão, todos ralham e ninguém tem razão», e é bem verdade. Claro que nós fazíamos asneiras, sabíamos que íamos levar pancada... E então às vezes eu procurava esconder-me ou fugir. Mas o meu irmão Jorge (esse teu tio que está no Brasil) agarrava-me e dizia: «Não vale a pena a gente fugir, Lídia. A gente tem sempre de voltar e então ainda é pior...» E para me animar acrescentava a rir: «não nos vão matar, pois não?», e encolhia os ombros, como se nada mais tivesse importância. Acredita que essas palavras nunca saíram da minha cabeça. Mesmo já mulher, quando as coisas não me corriam bem e tinha receio de enfrentar certas pessoas, dava comigo a repetir, como o Jorge: «não me vão matar, pois não?». E tudo se tornava mais fácil, e o receio acabava por desaparecer. Que a gente nunca deve ter medo de ninguém, Mariana, nunca.

Por isso quando eu às vezes grito que ninguém me mete medo, o meu pai diz logo:

— Sais à tua avó Lídia.

E porque eu não quero que a Rosa tenha medo das pessoas é que lhe hei-de explicar esta coisa complicada que é ter uma família.

Capítulo 9

O Pedro não anda lá muito contente comigo por causa da matemática. Diz que eu só ligo ao português, e que assim não pode ser, e que a matemática é muito importante, e que sem a matemática não se pode viver, e que sou uma cabeça no ar, e que, e que, e que.

Em casa o pai disse-me exactamente o mesmo, acrescentando ainda:

— Olha que as provas finais de avaliação estão à porta e eu não gostava muito que tivesses de repetir o ano por causa da matemática.

Se fosse a avó Elisa começava já a falar no seu

tempo, e como então as meninas eram estudiosas. Quando a minha mãe a ouve, ri-se:

— A Mariana também é estudiosa, mãe. Os assuntos e as maneiras de ensinar é que mudaram... Dantes davam-nos coisas para decorarmos e pouco mais. Tudo dependia de termos ou não boa memória. Ninguém se preocupava muito em saber se tínhamos compreendido... Não pense que eram melhores tempos porque não eram.

No entanto, segundo ouço às vezes o meu pai conversar com a minha mãe, parece que agora também ainda não está tudo como deve ser.

— Quando a Rosa entrar para a escola talvez as coisas estejam já a levar caminho — diziam eles no outro dia.

Aí comecei eu a pensar se também iria alguma vez falar do meu tempo, como a avó Elisa. E se a minha irmã irá rir do que eu disser, como eu rio (às escondidas, é evidente) daquilo que diz a avó.

Mas o que é certo é que tenho mesmo de me agarrar à matemática, e o Pedro tem razão quando diz que só ligo ao português. O pai da Rita proibiu-a de pegar na caderneta dos cromos enquanto o Pedro não mandasse dizer que ela já estava bem na matemática. A Rita anda para aí a chorar pelos cantos, que eu bem vejo, embora se faça forte. Mas eu conheço-lhe o truque e quando lhe noto os olhos muito abertos e as mãos fechadas, já sei que aquilo anda mal.

A Rita é a minha melhor amiga e não gosto de a ver triste. Acho que, tal como eu, ela sabe que tem de estudar um bocado mais a matemática, e não era preciso proibir-lhe nada. Era preciso só explicar-lhe melhor, ter mais paciência, sei lá... Mas o pai dela é assim. No outro dia quando o Pedro mandou para casa a folha do nosso aproveitamento escolar, ele deu-lhe uma prenda porque na folha vinha escrito: «cumpriu». Acho que não faz sentido ter-lhe proibido agora os cromos, como não fez sentido ter-lhe dado então a prenda. Os meus pais dão-me prendas quando podem, quando estão felizes, quando faço anos ou é Natal, mas nunca por fazer aquilo que tenho de fazer.

— Se tu não aprenderes, o mal é só para ti — diz sempre o meu pai.

E começa logo a ler o jornal, que é sinal de que a conversa acabou.

Pego no livro das fichas de matemática e num lápis e começo a trabalhar até serem horas de jantar. A minha irmã choraminga no berço — ruído a que me vou habituando nesta casa. Antes de me deitar pego nos meus cromos da colecção «Maravilhas da Natureza» e escolho alguns dos mais bonitos para levar amanhã à Rita.

Capítulo 10

No domingo não fomos sair porque a minha irmã estava com febre. Todo o mundo doido, o que é, o que não é, a avó Elisa agarrada ao telefone à procura do médico que não estava em parte nenhuma, a tia Magda a perguntar para cá de cinco em cinco minutos se a menina não estaria com sede, que ela bem se lembrava do que tinha acontecido comigo, a prima Isaura a recomendar água morna com açúcar, a vizinha do lado a garantir que tudo passava com um banho frio, até a mãe da Rita afirmando:

— São convulsões.
— Um dente! Vocês vão ver que não é mais do que

um dente a querer romper — dizia o pai, que nestas coisas é sempre aquele que fica mais calmo.

— Quando era da Mariana nunca te vi assim tão tranquilo! — resmungava a avó Elisa, os dedos continuamente discando o número de telefone do médico.

— A Mariana era o primeiro filho. Nunca sabemos nada nessa altura. Mas aprendemos muito. Acho que nunca aprendi tanto na minha vida como no ano em que a Mariana nasceu. Penso que até aprendi a compreender melhor as pessoas, a gostar mais delas, sei lá. E aprendi a não me assustar, a não entrar em pânico, a não perder a cabeça. Por isso, enquanto não se encontra o Dr. Cunha, deixem estar a Rosa sossegada, dêem-lhe um bocadinho de aspirina e pronto, daqui a bocado já ela está fina, vocês vão ver.

Enquanto toda a gente sofria com o primeiro dente da minha irmã, peguei na caderneta, na *Zica*, no casaco, e fui para casa da Rita, que nesse domingo também não tinha saído.

Já ia na rua quando me lembrei: «e a matemática?». Não era que me apetecesse muito estudar ou fazer fichas com um dia tão bonito. Mas a verdade é que também não me apetecia fazê-las quando os dias estavam feios. O que, infelizmente, queria dizer que nunca me apetecia fazê-las. E eu sabia que não podia ser assim.

Voltei a casa e num instante agarrei no caderno das fichas e lá fui para casa da Rita. A mãe dela ficou muito satisfeita quando me viu entrar de caderno de matemática debaixo do braço. Tão satisfeita («assim é que é, Mariana, aproveitar o tempo todo para estudar!») que nem sequer reparou nas «Maravilhas da Natureza» que vinham debaixo do outro braço.

Entrei logo para o quarto da Rita, que ficou muito contente por me ver. A Rita tem a mania que, desde que nasceu a minha irmã, eu não estou tanto com ela como dantes estava. Mania da Rita, mais nada. Só que às vezes a minha mãe pede que a ajude e eu não posso dizer que não. E lá tenho de trocar algumas tardes com a Rita por algumas tardes de pôr e tirar fraldas e de biberões preparados a horas certas, senão a Rosa abre as goelas e não há quem a sossegue.

Mas a Rita não tem irmãos, não entende nada disto. Amua e repete constantemente:

— És tu que não queres vir! Eu bem sei que és tu!

Hoje quando entrei no quarto, riu-se e veio logo pegar na *Zica*. Sentámo-nos no chão e lá fomos misturando fichas e flores, ângulos agudos e anfíbios, conjuntos e rochas, fracções e répteis, números complexos e aves estranhas, três-vezes-nove-vinte-e-sete e mamíferos de nomes nunca vistos nem ouvidos.

Quando voltei para casa tudo estava muito mais sossegado, incluindo a Rosa, que dormia na alcofa, tão longe ainda destes problemas da matemática. Gostava de lhe poder soprar ao ouvido:

— Aproveita agora que ninguém te maça, que podes dormir o tempo que te apetecer, que não tens de te levantar cedo para apanhares a carrinha, que não sabes o que são conjuntos, que podes berrar e gritar quando estiveres mal-disposta sem que te venham dizer «que vergonha!», que podes fazer todos os disparates possíveis porque há sempre a justificação dos dentes a quererem romper... Aproveita agora a sorte que tens em não seres ainda crescida...

Às vezes gostava realmente de lhe dizer isto tudo. Mas depois penso:

«Dormir o dia todo também não deve ser lá muito divertido. Estar sempre deitada na alcofa de manhã à noite, ou então ter de andar de colo em colo sempre que aparecem tias e primas e visitas e parentes... Não poder brincar com os amigos, nem andar de patins, nem saltar à corda, nem ler livros, nem comer gelados ou batatas fritas... Não, afinal acho que a Rosa não tem uma vida muito divertida, não... E vai ser bom ela crescer depressa, como disse a mãe.»

Crescer depressa e arranjar ainda mais depressa os dentes todos, que é para a gente não andar nestas aflições e poder sair aos domingos.

Capítulo 11

«Se **A** intersecção com **B** for igual a 3 e 4; se **A** união com **B** for igual a 1, 2, 3, 4, 5 e 6... Se **C** for igual a 8, 9, 10 e 11, e a relação inversa de **C** para **A** é **Z** − 7 = **X**...» Rita, Rita, como eu gostava de ter assim um nome destes, nomes que soam tão bem, cheios de letras que parecem música...

Fecha os olhos e diz comigo: iguana, salamandra, madrépora, lisambra, atália, zimbro, centáurea, hibisco, albatroz, acará... Se o ângulo **A** tiver 50 graus e o ângulo **B** tiver 210 então as flores vão encher esta sala, do chão ao tecto, flores que podem ser lírios, tulipas, helicónias, acácias, rododendros, e todos os insectos do mundo virão poisar no ângulo **A**, quer tenha ou não 50 graus, e as abelhas hão-de procurar o pólen por entre a intersecção de **A** com **B**, e havemos de ver as formigas nos seus carreiros perfeitos procurando as companheiras na relação inversa de **C**...

Rita, Rita, traz também o teu cacto para a nossa festa e ele será baptizado de guiabento, grandifloro ou flor-de--baile, e dos meus bolsos há-de saltar o *Zarolho*, que todos irão conhecer pelo título de «combatente de Sião», que é o nome dos peixes mais belos e valentes que existem em todas as águas dos oceanos, e ninguém se há-de rir por ele ter só um olho, e em vez de lhe atirarem à cara com «para que quero eu um peixe zarolho cá em casa», como disse a minha mãe quando o meu pai o comprou, irão antes desfazer-se em mesuras e procurar a melhor água e a mais verde vegetação, que tudo será pouco para o grande combatente de Sião.

Rita, Rita, olha como de repente se erguem os números pares e ímpares, e fogem dos nossos cadernos, e dançam de roda com as circunferências, e trepam pelos losangos, e andam de baloiço nas vírgulas, e adormecem cansados e felizes nos lagos azuis dos ângulos rasos. E eu apanho um ramo de números pares e tu apanhas um ramo de números ímpares e eles têm a resistência dos minerais, e então abrimos a nossa caderneta e vamos colá-los, e ao 2 chamamos, por exemplo, ametista, e o 4 poderá ser galena, e tu darás ao 1 o nome de opala, e ao 3 chamarás azurite, e havemos de rir como ria a avó Lídia.

E no quadro o Pedro manda fazer uma máquina com duas saídas, e por uma saída voam os terços dos números 4, 6, 8, 9, 12, 15, 18, e de repente da máquina salta o rouxinol da árvore da minha rua, é ele, não pode ser outro, e com ele os rouxinóis de árvores espalhadas por outras ruas, e cada um procura amigos perdidos nos jardins desconhecidos de todos os países, e vão encontrá--los estampados nos nossos cromos, e são os rouxinóis que trocam com eles de lugar para que eles possam respirar um pouco de ar fresco, e a ave-do-paraíso poisa na minha cabeça e ri-se da máquina de duas saídas, e tu agarras nas mãos o bico-de-tesoura e escreves no quadro:

«No mês de Novembro passei 300 horas a dormir, 105 horas a trabalhar, 60 horas a comer, e 255 horas em coisas que não me lembro.»

E toda a aula desata às gargalhadas, e o Pedro grita «viva a matemática!», e todas nós gritamos «vivam as 255 horas!», e o barulho é tanto que a avó Elisa espreita à porta e abana a cabeça dizendo «se fosse no meu tempo...», e a tia Magda entra com um grande jarro de água e vai salpicando todas as flores que enchem a sala, do tecto ao chão, lírios, tulipas, helicónias, acácias, rododendros, «não as deixem morrer à sede!», diz ela, enquanto pergunta ao Pedro:

— Por que razão não estão aqui estrelícias nem antúrios? É perfeitamente inadmissível! Vou queixar-me ao Ministério da Educação!

E depois de ela sair da aula a Joana pôs-se de pé na cadeira e começou a recitar:

— Eu sou um número inteiro com quatro algarismos. Se me aumentassem uma unidade eu continuaria com quatro algarismos, mas se me diminuíssem duas unidades ficaria com três algarismos. Quem sou eu?

E todos nós fizemos uma roda em volta dela, gritando

«és a Joana! És a Joana!», e o Pedro batia com a mão na mesa e escrevia cartas para os nossos pais dizendo «têm de se aplicar mais na matemática».

E o Luís Miguel, para não ficar atrás das raparigas, recitou por sua vez:

— Gastei cem escudos a comprar um monte de livros; se paguei com uma nota de quinhentos e me deram o troco em notas de vinte, quantas notas me deram?

E então eu gritei do fundo da sala:

— Com cem escudos não podes ter comprado assim tantos livros, com certeza!...

E a minha mãe fez-me sinal do lado de fora da janela:

— Não sei onde iremos parar, Mariana!

E a Margarida bateu ao de leve na porta da aula para avisar que eram horas do almoço e concordou com as palavras da minha mãe, acrescentando, como sempre:

— E a gente só sabe dar o valor quando nos toca a nós...

Rita, Rita, vamos correr para o pátio, apanhar borboletas que nos cromos se chamam lisambras, catagramas e vanessas, mas têm à mesma as cores do arco-íris dentro de si, deixar na sala os algarismos e os ângulos, e guardar em nós o sol desta manhã de Maio.

E corro atrás de uma castanha e dourada até tropeçar numa pedra do caminho e bater com a cabeça no chão. E de súbito a pedra transforma-se num gigantesco número de três algarismos que a pouco e pouco se vão definindo, até ficar 255, e o número-pedra grita para mim:

— Que fizeste de nós no mês de Novembro?

E eu não sei que responder, digo apenas:

— Novembro já foi há tanto tempo...

Mas o número-pedra insiste:

— Não importa! Quero saber que fizeste de nós, em que foi que gastaste o nosso tempo? As nossas horas?

E o 255 agarra-me pelos ombros, e sacode o meu corpo enquanto vou gritando:

— Não tenho medo de ninguém! Não tenho medo de ninguém!

E de repente tudo se mistura dentro dos meus olhos, Rita, Rita, onde estás?

Quando a minha mãe me acordou, toda eu transpirava. Mas era decerto por causa do calor que fazia.

Porque eu não tenho medo de ninguém, nem de nada. Muito menos de um sonho.

Capítulo 12

O marido da avó Lídia chamava-se Joaquim, e segundo ela contava, tinha começado a trabalhar aos cinco anos. Quando penso nisso até fico com a cabeça um pouco tonta, pois por mais que faça não consigo entender o que é trabalhar aos cinco anos. Cinco anos é metade da minha idade — e que faria eu se me mandassem trabalhar?

Mas o avô Joaquim, que eu nunca cheguei a conhecer, tinha cinco anos e já ia com o pai dele para o campo. E não era com certeza para apanhar borboletas.

— O teu avô aprendeu muito cedo o valor das coisas e a sua verdadeira importância. Mesmo depois quando deixou o campo e se empregou na loja, horas e horas atrás de um balcão ou a carregar e descarregar fardos, a vida nunca foi coisa fácil para ele. E olha que apesar disso nunca foi homem de zangas nem de maus tratos. E como ele adorava o teu pai! Ainda me lembro de o ver meter as poucas moedas que conseguia economizar dentro de uma caixa de fósforos. Depois, quando era dia de feira, pegava nela, dava-a ao teu pai e só dizia: «encontrei ali esta caixita... Não sei se tem alguma coisa lá dentro, mas fica com ela»... E o teu pai já sabia que ia lá encontrar uns tostões para gastar na feira. Só não sabia o que essas poucas moedas tinham custado a arranjar. E como cada uma delas fazia parte das poucas alegrias que o teu avô tinha — e de que desistira: um maço de cigarros que não comprava, um copo que não bebia ao fim do dia com os amigos, eu sei lá. Mas como os olhos dele se riam quando via o teu pai sair de casa todo feliz com a caixa de fósforos no bolso...

Acho que a minha avó Lídia aprendeu com o avô Joaquim a estar sempre contente, e a esperar sempre o melhor das coisas, das pessoas, e dos animais.

Porque a avó Lídia tinha uma paixão por todos os bichos. No dia em que o meu pai comprou o peixe vermelho para o aquário, ela passou horas seguidas a vê-lo nadar de um lado para o outro. E foi ela que, de repente, descobriu:

— Mas este peixe só tem um olho!

Corremos todos ao aquário. Era verdade. O peixinho vermelho, acabado de chegar a nossa casa, não tinha o olho direito. Nem sinal dele.

— Para que quero eu um peixe zarolho cá em casa? — disse logo a minha mãe, que não gosta lá muito de bichos.

— Mas ele com um olho vê tão bem como com dois — disse o meu pai. — Olha como ele encontra logo a comida que a gente lhe deita...

Lembro-me: o peixinho corria, feito doido, de um lado ao outro do aquário mal a água se enchia de pequeninas folhas rosadas que vinham dentro de um frasco que o pai comprara com ele. E era tão engraçado quando se virava do lado em que devia haver olho e não havia... Nem nas minhas «Maravilhas da Natureza» eu encontrava coisa que se parecesse com isso. E lá conseguimos convencer a minha mãe a aceitar o *Zarolho*.

E agora ele faz parte da casa. Parte da família. O meu pai até garante que ele o conhece quando, por volta das sete, mete a chave à porta.

— É verdade que conhece os meus passos, a minha voz! Até começa logo a nadar mais depressa. Pudera! Já sabe que é de mim que lhe vem a comida...

No outro dia lembrei-me disto quando a minha mãe disse para a avó Elisa:

— A Rosa já me conhece tão bem! Assim que eu entro no quarto fica logo em alvoroço...

Foi então que eu disse:

— O *Zarolho* também fica assim quando o pai chega ao pé dele... E só tem um olho... Que faria se tivesse os dois...

— Ó Mariana, mas que comparação! — disse logo a avó Elisa.

Francamente não entendo por que é que ela ficou tão escandalizada. No fundo a minha irmã não é assim tão diferente do *Zarolho*... Não fala, também tem de ser alimentada (e muitas vezes ao dia, enquanto ele fica satisfeito só com uma refeição), precisa que lhe mudem as fraldas assim como ele precisa que lhe mudem a água... Acho que não foi assim nada do outro mundo aquilo que eu disse.

E eu bem percebi que a minha mãe contou ao meu pai, e que eles se fartaram de rir. Mas eu nem tinha dito aquilo para ter graça. Aquilo era mesmo o que eu pensava.

É mesmo o que eu penso.

Sério que é.

Capítulo 13

A tia Magda adoeceu e tivemos de ir todos lá a casa vê-la. Todos, menos a Rosa.

— Não se devem levar bebés a casa de pessoas doentes — disse a minha mãe.

E eu pensei que a minha irmã estava cheia de sorte por ser tão pequena e poder ficar em casa.

Passámos antes por uma florista, onde a minha mãe comprou um ramo de estrelícias, o que decerto seria meio caminho andado para a cura da tia Magda.

A casa da tia Magda é cheia de sombras e tem um corredor que a gente nem vê onde acaba. Além disso tem uns reposteiros onde apetece jogar às escondidas, coisa de que nem me atrevo a falar ao pé dela, pois penso que só a ideia a faria cair morta... Os móveis são escuros e altos, e as tábuas do chão rangem quando a gente passa, e os vidros da cristaleira até parece que tocam música. Acho que há muitos anos que ninguém abre aquela cristaleira, que ninguém bebe por aqueles copos nem por aquelas chávenas. Deve estar tudo cheio de pó, com certeza.

A casa onde a tia Magda vive era da madrinha dela, que um dia a foi buscar à aldeia e a trouxe para Lisboa.

— Para criada! Para criada é que ela a trouxe — costumava dizer a avó Lídia.

Mas o meu pai não gostava de a ouvir.

— Não diga isso, mãe! Olhe que a senhora depois de morrer deixou-lhe a fortuna toda... Era porque gostava dela, com certeza!

Mas a avó Lídia sabia bem o que dizia.

— Tu já não te lembras, filho... Tu sempre a conheceste assim... Mas eu bem sei o que vi quando uma vez vim a Lisboa, logo a seguir ao meu casamento, e a fui visitar... Ela hoje está rica, é verdade, mas bem lhe saiu tudo do corpinho...

A minha mãe diz que desde que a madrinha da tia Magda morreu, ela nunca mudou nada dos lugares. E é por isso também que não usa a loiça da cristaleira.

— Isso é loiça muito cara — costuma ela dizer. — É só para as visitas.

Tudo em casa da tia Magda é para as visitas.

Há uma sala sempre fechada — para as visitas.

Há um quarto onde nunca ninguém dorme — para as visitas.

Há uma arca a meio do corredor imenso cheia de roupa que ela nunca usa — porque é para as visitas.

O mais engraçado disto tudo é que a tia Magda nunca tem visitas, embora passe a vida à espera que elas lhe batam à porta.

— Ficou-lhe essa ideia do tempo em que a madrinha era viva — diz sempre o meu pai. E acrescenta logo: — Essa e outras...

Porque, segundo ouço dizer, a tia Magda é igualzinha à madrinha.

— Tão criada dela a fez que a obrigou a pensar da mesma maneira, a dizer as mesmas palavras, a ter o mesmo feitio... — costumava dizer a avó Lídia, mas só quando o meu pai não estava ao pé...

Por isso hoje a tia Magda só fala com palavras complicadas. Só gosta de estrelícias e antúrios. E sabe sempre tudo o que as outras pessoas não sabem. E tem sempre razão. E nunca se engana. E em criança nunca mentiu nem fez disparates. E tem um dente de ouro. E só gosta dos nomes de família.

— A minha mãe muito chorou quando ela veio para Lisboa! Mas nós éramos tantos irmãos e era tão pouco o dinheiro que entrava em casa que ela não conseguiu dizer que não — dizia a avó Lídia tantas vezes.

Depois ria, como só ela sabia rir, e rematava:

— Ao menos assim andou sempre calçada... Ao menos ela nunca teve de esperar pelos sapatos do Natal...

Olho para a tia Magda, agora deitada na cama, e penso que deve ser muito triste uma pessoa sair de casa para ir viver noutra terra, longe da mãe e do pai e da gente de quem se gosta. Mas penso que também deve ser muito triste não ter sapatos, nem a comida que nos apetece, nem uma casa quentinha no Inverno. E ter de ir trabalhar aos cinco anos, como o avô Joaquim.

Acho que quando for crescida vou ser ministro ou presidente da República para não deixar que estas coisas aconteçam.

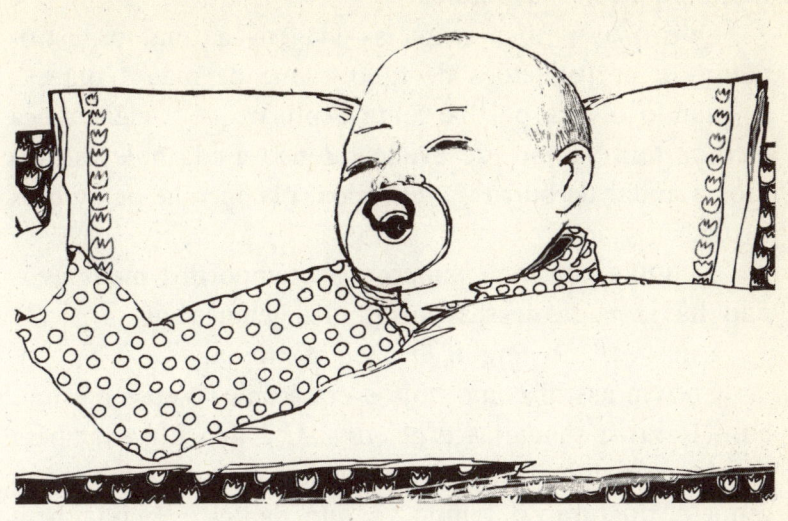

Capítulo 14

Não há nada pior que um domingo de chuva.

Agora que a Rosa não tem febre e que os dentes parecem crescer em sossego, começou a chover.

A avó Elisa diz que não é tempo de chuva, mas que desde que «os homens andam lá por cima, isto anda tudo baralhado». O meu pai ri-se quando a ouve.

— Se calhar eles andam lá a mexer nas nuvens...

— Ora, ora, lá o que eles andam a fazer não sei, mas desde que começaram a ir à Lua a gente nunca mais se entendeu com o tempo. Chove no Verão, faz calor no Inverno. Também ainda estou para saber o que deu na cabeça das pessoas para irem à Lua... Bem melhor seria que pusessem as coisas direitas na Terra antes de se meterem nestas aventuras.

Que a avó Elisa culpa as viagens à Lua, os astronautas e os foguetões de tudo o que de mau acontece. E quando o meu pai lhe tenta explicar que a ciência e a técnica têm sempre de avançar senão ainda hoje estávamos a andar de burro ou de canoa, ela encolhe os ombros e diz:

— Olha, no meu tempo e no tempo dos meus avós não havia nada dessas coisas e a gente vivia.

Uma vez foi engraçado, eu conto já.

Chovia assim como hoje e era Verão, Verão mesmo, com férias e sandálias e gelados. E a avó Elisa também disse que a culpa era dos astronautas que andavam lá em cima a misturar o tempo, e que dantes se vivia bem melhor «sem estas manias do progresso». Foi mesmo assim que ela disse e a minha mãe não gostou mas calou-se. Depois à noite, acho que por causa da chuva, houve uma avaria nos canos e só corria um fiozinho nas torneiras. A avó começou logo a barafustar, que não podia ser, e como é que ela ia lavar a louça com água fria, que assim a gordura nem saía, e por aí fora...

— Não me diga que no tempo dos seus avós havia água quente canalizada lá em casa! — disse a minha mãe, que andava a remoer aquela das «manias do progresso»... E acrescentou logo:

— E com certeza que viviam, não viviam?

A avó Elisa fez que não ouviu (ela também tem os seus truques...), mas deixou a louça toda a um cantinho da chaminé para lavar no dia seguinte — quando o «progresso» já estivesse a funcionar como devia.

Eu acho que a avó Elisa só não gosta do progresso que ela não entende. Daquele progresso que ela acha que não serve para nada. Mas eu penso que tudo serve para alguma coisa, mesmo que a gente ao princípio não entenda bem para quê. Até as estrelícias e os antúrios devem servir para alguma coisa — nem que seja para pôr a tia Magda bem-disposta.

Uma vez a minha mãe comprou uma garrafa muito pequenina, de vidro transparente, cheia de vidrinhos coloridos, e colocou-a numa prateleira do armário da sala.

— Para que serve isso, mãe?
— Gostas?
— Gosto muito.
— Achas que é bonito?
— Muito... Muito bonito...
— Então pronto, é para isso que serve: para ser bonito.

É bom a gente ter coisas bonitas à nossa volta. Só que a minha mãe diz que as coisas agora estão tão caras que a gente tem de usar o dinheiro para comprar coisas que sirvam sempre para alguma coisa mais do que serem bonitas... Hei-de perguntar à avó Elisa se a culpa das coisas estarem caras também é dos astronautas...

Olho pelos vidros da janela do meu quarto e continua a chover. Se a Rosa fosse mais crescida podíamos estar agora as duas a conversar, ou a fazer jogos... Como as crianças crescem devagar!... E o pior é que, por este andar e com esta velocidade de caracol cansado, quando a Rosa for crescida já não me serve para nada! Quando ela tiver dez anos se calhar já eu estou casada com algum rapaz muito bonito, loiro e de olhos azuis, chamado

Rodrigo, que é o nome de rapaz que eu gosto mais. Agora é que ela devia estar crescida, como eu, para conversarmos as duas. Assim, metida lá no berço, para que é que ela me serve?

Estava eu a começar a ler um livro novo que o meu pai me tinha comprado (olhando de vez em quando para a janela à espera que a chuva parasse) quando ouvi a Rosa chorar. Que a minha irmã é assim: quando lhe dá para encher os pulmões, vai-se o sossego da casa...

Fui até junto do berço dela.

— Vá, tome lá a chucha e não chore mais, sua tontinha!

E a Rosa começou a rir, a rir, como nunca tinha rido.

E eu dizia:

— Tontinha! Tontinha!

E cada vez ela ria mais, até parecia que se engasgava. Como ria a avó Lídia quando contava histórias.

E eu comecei a rir com ela.

E era bom.

E descobri que a Rosa já servia para alguma coisa. Como os vidrinhos coloridos dentro da garrafa da sala.

Capítulo 15

«As pessoas não entendiam muito bem e depois disso chamaram-lhe maluca e outras coisas assim. Nem eu entendi também, miúda que então era, ainda um pouco a pensar pela cabeça e pelas palavras dos outros. Devo ter--lhe chamado maluca muitas vezes. E todas as outras coisas que lhe chamavam. E afinal vejo agora como tudo era tão simples de entender. E como todos fomos tão cruéis.

«Mas a verdade é que as pessoas não compreendiam e chegaram a pensar que a tia Emília tinha perdido o juízo com o desgosto do marido. Talvez tivesse perdido de facto. Mas nunca me lembro de a ouvir falar noutro nome que não fosse o da *Malhada*.

«No entanto agora penso se não há animais que nos fazem mais falta do que muitas pessoas. Do que tantas pessoas. Não sei se te devia estar a contar isto a ti, que és tão pequena. Dizem que há coisas de que só se deve falar aos adultos porque só eles são capazes de entender. Não estou muito certa disso. Às vezes penso que há coisas que só mesmo as crianças são capazes de entender e aceitar. Penso, por exemplo, que tu eras capaz de ter entendido a tia Emília. E talvez não tivesses sido tão cruel como nós fomos.

«A *Malhada*... Se tu a visses...

«Não tinha estrela na testa como aquelas de que falam os livros de histórias. Mas nunca vi olhos tão doces como aqueles. E nós estávamos tão habituados a ela como à tia Emília. Fazia parte da casa, entendes? Era assim uma espécie de outro braço da tia Emília, e sem ela a vida era impossível. Mulher sem filhos, com o marido entrevado sempre ao canto da lareira, era da *Malhada* que aquela mulher vivia. Da *Malhada* que lhe dava o leite, a manteiga, o queijo, o requeijão, um vitelo por ano.

«Às vezes íamos dar com a tia Emília sentada junto da *Malhada*, fazendo-lhe festas e chamando-lhe todos os nomes de ternura que um dia se inventaram para as mães chamarem aos filhos. Já nessa altura se dizia que a tia Emília não tinha o juízo todo. Já nessa altura os rapazes corriam atrás dela gritando "velha tonta, velha tonta". Mas ela nem os ouvia: só tinha ouvidos e olhos e coração para a *Malhada*.

«Nunca cheguei a saber o nome do marido. Para todos ele era "o da tia Emília", e duvido mesmo que alguém soubesse ao certo como ele se chamava, ou que idade tinha. Se é que ele tinha nome ou idade.

«Sentado ao canto da lareira no Inverno, ou à porta de casa no Verão, nunca da sua boca saíra som algum, uma ligeira baba sempre a pender-lhe pelo queixo.

«Contava a minha mãe que ele tinha ficado assim há muitos anos, depois de um tractor lhe ter esmagado as pernas. Sem médicos nem dinheiro para os ir buscar à cidade, nada lhe pôde valer, e para ali foi ficando, ao canto da lareira ou à entrada da porta.

«Porque médicos era coisa que não havia na aldeia. E se precisássemos de um remédio tínhamos de ir buscá-lo à farmácia, a 40 quilómetros de lá. E isto se houvesse dinheiro para o pagar, é claro. Por isso morreu tanta criança que se podia ter salvo. Tu não podes imaginar bem como era, mas eu digo-te que eram tempos muitos duros.

«Talvez que o marido da tia Emília se tivesse podido salvar se estivesse na cidade e tivesse dinheiro para o médico e para os tratamentos. Assim, para ali ficou, mais morto que vivo, olhando as pessoas sem dizer palavra, a baba sempre a cair-lhe pelo queixo. E quando era tempo de trovoada metia os braços à roda da cabeça e chorava, chorava, nunca a gente sabia porquê.

«Foi no dia em que ele morreu que a *Malhada* adoeceu. As pessoas da aldeia enchiam a casa da tia Emília e todos procuravam consolá-la da morte do marido. Ela tinha os olhos muito abertos e parecia não entender uma palavra do que lhe diziam, não entender sequer o que se tinha passado. De vez em quando desaparecia e íamos dar com ela no estábulo, a fazer festas à *Malhada*, que gemia e não conseguia pôr-se de pé, e eram ainda mais doces os nomes que lhe chamava. Mas nós não percebíamos algumas coisas. Por isso rimos de a ver assim. Ela olhou para nós e disse apenas:

«— Se ela morre o que vai ser de mim?

«A gente ainda riu mais, e saiu cá para fora a gritar:

«— A tia Emília está maluca! A tia Emília está maluca!

«E as mulheres de preto vieram ter connosco e deram--nos razão. Disseram que tinha sido o desgosto que a tinha transtornado daquela maneira. Que só assim se entendia. Quiseram levá-la para dentro de casa, mas ela agarrou-se com força ao estábulo e só repetia:

«— Se ela morre o que vai ser de mim? Se ela morre o que vai ser de mim?

«E de novo as palavras de ternura guardadas durante anos para os filhos que nunca chegara a ter.

«Conseguiram levá-la ao enterro do marido amparada por duas vizinhas. Mas logo à descida do cemitério para casa a sua preocupação voltava:

«— E se ela morre?

«Não morreu.

«O ferrador lá da aldeia fez-lhe um tratamento e depois de muitos dias a *Malhada* arribou. Mas a tia Emília parecia ter envelhecido dez anos naqueles dias.

«As pessoas diziam então:

«— A morte do marido é que a pôs neste estado. Foi um grande choque para ela.

«Porque as pessoas às vezes esquecem depressa. Mas nós, que éramos miúdos nessa altura, sabíamos que não tinha sido assim que as coisas se tinham passado. Tínhamos rido, tínhamos-lhe chamado doida, como os outros, mas no fundo sabíamos que não havia loucura nenhuma na cabeça da tia Emília. E que sem o leite, a manteiga, o queijo, o requeijão e os vitelos que vendia, difíceis seriam os dias que a tia Emília ainda tinha para viver. Quem iria cuidar dela se a *Malhada* morresse?

«É por isso que eu digo que a gente pode amar tanto as pessoas como os animais. Dever-lhes a vida, quantas vezes. E quantas vezes também somos injustos ou esquecidos. As mais das vezes por falta de tempo, eu sei.

«Há que trabalhar, fazer pela vida, e fica pouco tempo para pensarmos nisso. E é pena. Porque depois, quando temos tempo, já eles morreram, ou se perderam por esse mundo, e já não lhes podemos mostrar como os amámos, como a nossa vida teria sido diferente se os não tivéssemos encontrado. Como teríamos ficado mais pobres e vazios.

«Para a tia Emília a *Malhada* era uma pessoa. Tenho a certeza. E embora nós não conseguíssemos ouvir nada, eu ia jurar que as duas conversavam longamente todos os dias.»

Isto contava muitas vezes a avó Lídia.

Acho que sou capaz de me lembrar de todas as palavras para um dia o contar à Rosa. Só que não lhe vou dizer que havia quem chamasse maluca à tia Emília.

E também acho que não faz mal se eu disser que a *Malhada* tinha uma linda estrela na testa. Tal como acontece nos livros de histórias.

Capítulo 16

TEXTO LIVRE

Lá em casa todos os caminhos vão dar à Rosa, que é a minha irmã que nasceu há três meses. Nunca mais houve tempo para nada, há pessoas a visitarem-nos às horas mais incríveis, e até os objectos mudaram todos de lugar.

A minha mãe passa o dia a fazer biberões e a lavar biberões, a mudar fraldas e a lavar fraldas, e eu fico a pensar como é que ela pôde querer mais esta filha, se comigo com certeza já devia ter tido os mesmos trabalhos.

A minha tia Magda anda sempre a dizer que mais um

filho é uma grande responsabilidade para a família, e a avó Elisa não diz nada, mas eu, que a conheço bem, acho que ela deve culpar os astronautas e os foguetões pelo nascimento da Rosa.

Olho para ela, sempre dentro da alcofa, e penso que já que ela veio a gente não pode ir deitá-la a afogar, como eu sei que há quem faça aos pobres gatinhos recém--nascidos. Mas não compreendo muito bem por que é que os meus pais tiveram tanta necessidade de ter outro filho, estando cá eu que, não é para me gabar, mas não sou má rapariga. Com a vantagem de já saber ler e escrever, de caminhar pelo meu pé, de ter os dentes todos (a não ser os que me caíram a semana passada), de poder conversar com eles, e de não precisar de biberões de cinco em cinco horas e de fraldas mudadas de cinco em cinco minutos. Mas enfim, eles lá saberão. Às vezes oiço a minha avó Elisa dizer que a Rosa nasceu por minha causa, para me fazer companhia porque — como ela afirma — «filho único dá sempre asneira».

Isto é que eu não percebo o que quer dizer, mas como há muita coisa de que eu não gosto e que também dizem que é para me fazer bem, pode ser que o nascimento da Rosa tenha sido mais uma. Assim como as vacinas que tenho de apanhar, e os remédios amargos, e a broca do dentista. Ao princípio, custa — mas é sempre para nos fazer bem...

De resto isto é também um pouco o que eu penso em relação à matemática. A Chica, por exemplo, resolve todos os problemas sem qualquer dificuldade, mas há coisas que não entende. Como aquela dos cubos de gelo a entupirem a pia (o que eu e a Rita nos rimos...). Eu percebo que, se os cubos de gelo derretem num instante, nunca poderão entupir pia nenhuma, mas tenho algumas dificuldades nos problemas da matemática. Isto, como diz a avó Elisa, «cada qual é como é...». Só que temos de fazer um esforço para melhorar naquilo em que não somos assim muito bons. Porque, tal como as vacinas, os remédios e as brocas (e quem sabe se também a Rosa...), tudo é para nosso bem.

Se eu não souber fazer problemas de matemática, como é que vou saber quantas carteiras de cromos posso comprar com o dinheiro que o meu pai me dá?

Se eu não souber matemática, como é que vou entender o preço das coisas e conversar com a minha mãe e o meu pai quando eles se queixam da vida cara? (e para filha muda têm eles a Rosa...).

Se eu não souber matemática, como é que posso contar o dinheiro que tenho economizado no mealheiro para comprar um gira-discos como o da Rita — e saber quanto ainda falta?

Talvez que a Rosa venha a ser precisa para a minha vida como a matemática, quem sabe. O que acho mau é ela crescer tão devagar. Mas a minha prima Isaura, que criou quatro irmãos, afirma a pés juntos que a Rosa está muito crescida para a idade, de maneira que sou eu quem deve estar errada.

Mas gostava que ela fosse já assim da minha idade e pudesse conversar comigo como a Rita. Começo a pensar que no dia em que ela tiver a minha idade já eu tenho vinte anos, já estou decerto casada com o Rodrigo loiro e de olhos azuis, e que portanto já não devo sequer ter tempo para ser amiga dela. E até aos dez anos, palavra que não sei para que serve uma criança. Mas se há crianças a nascer todos os dias é porque devem servir para alguma coisa. Quanto mais não seja para a gente gostar delas. Gostar só por gostar. Por isso acho que é tempo de eu ir aprendendo a gostar da Rosa.

E de matemática.

MARIANA
(2.º ano — 2.ª fase)

Capítulo 17

Hoje desisti de ser locutora de televisão.

Até aqui era o que sonhava ser quando crescesse: aparecer todos os dias nos *écrans*, muito cheia de caracóis e sorrisos, a dizer todas aquelas notícias importantes às pessoas.

Mas a partir de agora decidi ser cientista, ou astrónoma, ou física, e saber coisas que mais ninguém sabe, e descobrir coisas em que ninguém pensou ainda mas que devem andar por aí, mesmo à beirinha dos nossos olhos, à espera de serem descobertas.

Tudo por causa das histórias de pasmar que me contou um amigo do meu pai que esta tarde cá veio ver a Rosa.

Acho que eram as histórias mais surpreendentes do mundo, e ele ria do meu ar espantado e só dizia que tudo era verdade, que não estava a inventar nada, que um dia quando eu estudasse talvez ainda viesse a saber mais do que ele.

O meu pai também ria e de vez em quando aproveitava para meter a sua piada...

— Isso, isso... Vê se a convences com essas histórias que pode ser que ela se decida a pegar na matemática a sério.

Eu não respondi mas bem me apeteceu dizer que, se a matemática da escola fosse assim tão divertida, de certeza não havia melhor aluna do que eu.

— Verdade, Mariana! Tudo isto é verdade — garantia o amigo.

E contava — que a estação do ano que sentimos cá fora não é a mesma que se sente por baixo da terra; que se for Inverno debaixo do céu, ainda é Outono a três metros de profundidade; que o momento mais quente do ano chega a três metros de profundidade com um atraso de 76 dias, enquanto o mais frio leva 180 dias a lá chegar.

E então a gente fez as contas e chegou à conclusão de que se o dia mais quente deste ano for, por exemplo, no dia 25 de Julho, a três metros de profundidade esse calor só vai chegar no dia 9 de Outubro, e então eu fiquei toda contente por ter sido capaz de fazer as contas de cabeça e ter dito o resultado certo quase ao mesmo tempo que o meu pai, também muito divertido com a brincadeira.

— Verdade, tudo verdade! — repetia o amigo.

Que continuava a contar coisas espantosas.

Que logo hei-de contar à Rita, e depois a todos lá da escola. Quem sabe mesmo se o Pedro não irá fazer cara tão espantada como a que eu fiz. Pois eu bem sei que os professores não sabem sempre tudo, e isso não é vergonha nenhuma, que eu bem oiço a minha mãe repetir que a gente está sempre a aprender coisas novas durante a vida inteira. Menos a tia Magda, claro, que já deve saber tudo o que há para saber e mesmo aquilo que só será descoberto daqui a muitos anos...

Mas como o amigo não conhecia a tia Magda, foi sempre contando coisas de que eu nunca tinha ouvido falar, em dez anos que levo desta vida.

— Aprende-se sempre muito, mesmo com coisas que nos parecem muito simples e sem mistério — dizia ele. — É claro que os mistérios acabam sempre por se explicar, mas às vezes é preciso trabalhar anos e anos para isso. E digo-te: quando um dia as coisas aparecem, de repente, claras aos nossos olhos, é assim como se tivéssemos acabado de descobrir um mundo novo. Havia um físico inglês do século passado que um dia escreveu: «mesmo que uma pessoa dedique toda a sua vida a estudar uma bola de sabão, há-de sempre encontrar nela novos ensinamentos de física». Estás a ver... uma simples bolinha de sabão, daquelas que tu, com certeza, muitas vezes deves ter feito e soprado à janela... por isso é que é importante estar atento a tudo o que se passa à nossa volta, não virar a cabeça a nada, nunca pensar que há coisas que não têm importância, que são insignificantes. Tudo é importante para o equilíbrio da nossa vida, tu hás-de aprender isso, Mariana.

Fiquei a pensar em tudo o que ele contou e confesso

que há coisas que ainda me fazem uma certa confusão. Talvez por isso mesmo tenha decidido hoje desistir da televisão e ser física. Tive um livro de histórias em que os físicos andavam todos vestidos com fatos até aos pés e chapéus de bico como se fossem fadas. Se calhar nessa altura as pessoas deviam pensar que eles tinham qualquer coisa de fadas, para saberem coisas tão estranhas e misteriosas...

Mas hoje os físicos andam vestidos como toda a gente e ainda bem, que devia ser muito incómodo andar com aquilo na cabeça o dia todo e com fatos a arrastar que nem as noivas que posam para a fotografia do casamento aqui num jardim ao pé de minha casa.

Às vezes penso no que será a Rosa quando crescer. E se quando ela for crescida haverá profissões que não há hoje. Isto porque, segundo anda sempre a dizer a minha avó Elisa, «as coisas mudam de um dia para o outro. Se no meu tempo a gente alguma vez pensou em ver mulheres a guiar táxis!»

Também se as coisas não mudassem, que graça tinha a vida?

Se as coisas não mudassem, ainda hoje se davam reguadas em todas as escolas. Ainda hoje os miúdos iam para o campo trabalhar com cinco anos como o avô Joaquim. Se calhar ainda o pai da prima Isaura estava preso.

Se as coisas não mudassem, lá tinha eu que andar de fato comprido e chapéu de bico se quisesse ser física.

Capítulo 18

A Rosa já não cabe na alcofa. Bate com a cabeça e com os pés, e lá começa o berreiro do costume. Por isso a mãe passou-a para a cama de grades que foi minha e já estava no quarto desde que a Rosa nasceu.

Eu sei que alguns casacos que ela veste também foram meus, e acho graça pensar como cabia eu dentro deles, que à *Zica* devem servir... Mas a mãe está constantemente a dizer que a roupa deixa de lhe servir de um dia para o outro, e que é sempre preciso estar a comprar coisas novas, e que por isso é que é tão caro ter um filho. Isto para não falar das papas. E das latas de leite que enchem a despensa. E de todas as vezes que tem de ir ao médico, mesmo que não esteja doente.

É claro que também a mim as roupas deixam de servir. Mas sempre aguentam um ano ou coisa assim. E a minha mãe lá consegue pôr bainhas abaixo, inventar bainhas onde elas não existem, alargar, tirar daqui para pôr ali, e sobretudo dizer-me:

— Tem paciência, isto ainda tem que aguentar até ao fim do ano, que já não vale a pena comprar roupa antes do Inverno.

À Rosa é que é inútil a gente pedir que tenha paciência. Além de não entender, ela cresce todos os dias enquanto eu, segundo li não sei onde, só cresço uns três centímetros por ano.

Gostava mesmo de saber se a Rosa não entende aquilo que se lhe diz. No outro dia riu-se só porque lhe chamei tonta. Mas teria ela percebido, ou riu só por ter achado graça aos sons?

Quando chego da escola vou muitas vezes para junto dela colar cromos ou fazer fichas de matemática, e começo a contar-lhe histórias. Já lhe expliquei que sou irmã dela, que sou muito mais velha, mulher quase. Já lhe disse também que fui eu que para ela escolhi o nome e que se ela não gostar dele quando crescer é porque tem mau gosto. Ela ouve (ouvirá?) e lá vai palrando ao mesmo tempo que brinca com as mãos e os pés, os seus brinquedos preferidos...

E vou-lhe assim contando as minhas histórias — que eu já li mais livros do que um professor, um rei ou um presidente da república.

E de vez em quando, sempre que o sono não vem e

estou na cama, farto-me de viajar por países que não estão no mapa. Já descobri tantos que é possível que um dia me façam também uma estátua como fizeram ao Infante D. Henrique. Só espero é que ninguém se lembre de me pôr na cabeça um chapéu como o dele.

No primeiro país que visitei, as pessoas nunca tinham pressa, nunca precisavam de correr para o autocarro, nem os meninos precisavam de engolir o leite a escaldar pela garganta abaixo para chegarem a tempo à escola.

Ninguém andava aos encontrões, sempre a repetir «desculpe» e «com licença», e chegava-se sempre a horas a toda a parte. Os despertadores não gritavam de manhã nas casas ainda adormecidas, acho até que ninguém sabia o que era um despertador, e toda a gente acordava à hora certa e sem resmungos. As ruas tinham árvores e flores e era bom andar a pé, e a escola era mesmo perto das nossas casas e a gente caminhava de manhã cedinho até lá, e ainda tínhamos tempo para muita coisa antes de começarmos a trabalhar.

Quando estive nesse país tinha um cão que andava sempre comigo, até para a escola ia, e estava quase a aprender a tabuada toda num dia em que acordei cedo de mais do sonho, e por isso é que não teve tempo de passar para lá da dos cinco. Já tentei sonhar isso outra vez, para ver se ele conseguia aprender tudo até ao fim, mas ele fica sempre no meio. Não sei se o defeito é do meu sonho ou do cão que dentro dele meti...

E nesse país tenho também um pássaro, que vem de manhã poisar no meu ombro e nunca mais me larga, e só não canta tão bem como o rouxinol da minha rua porque é um pássaro inventado, e toda a gente sabe que não há pássaros que tão bem cantem como os verdadeiros.

Também já estive noutro país onde queriam que eu fosse rainha. Ainda experimentei uns dias, mas tropeçava sempre no manto real e a coroa andava sempre torta por mais que a endireitasse no espelho do meu quarto.

Um dia tive uma grande zanga com o meu primeiro--ministro, que era lá quem mais mandava no país e não deixava que eu pusesse a *Zica* num trono ao lado do meu.

— Mas, Majestade, não pode ser! Não vê que ela só tem um olho!

Isto dizia ele, mas eu é que não me convencia assim com tanta facilidade.

— Primeiro-ministro: fique sabendo que a Princesa *Zica* vê mais só com um olho do que muita gente com dois!

Mas ele insistiu:

— Mas, Majestade, não é só isso! Não vê que ela já tem a serradura toda a sair pela cabeça!

— Primeiro-ministro: se calhar o senhor também tem serradura na cabeça, só que ainda não se vê!

Aí eu sei que ele ficou muito ofendido e só não me mandou prender porque eu era rainha, e com as rainhas não se brinca. Mas tirou a espada que já vinha do tempo de D. Afonso Henriques ou do D. Carlos (isso agora é que não estou bem certa) e gritou:

— Não pode ser, Majestade! Não pode ser porque ela é preta, e eu não quero que haja príncipes nem princesas pretas neste país. Se fosse para encerar o chão do palácio (que, por acaso, bem precisado está...) ou para dar palha aos cavalos, ainda vá que não vá. Mas para se sentar num trono ao lado de Vossa Majestade, nunca!

Então achei que o primeiro-ministro estava completamente tontinho da cabeça, pois só assim se compreendia que não gostasse da *Zica* por ela ser preta. Como se ser preto, amarelo, encarnado, branco ou cor-de-rosa tivesse alguma importância na vida das pessoas.

O meu conselheiro ainda me bichanou ao ouvido:
— Mande já tirar-lhe o coração pelas costas!

Que era o que ele tinha lido, dias antes, num livro de história. Mas como eu era boa pessoa, não queria fazer barbaridades dessas, de maneira que respondi:
— Não! Isso também é de mais! Acho que o melhor é acordar aqui mesmo!

E foi o que fiz.

Peguei na *Zica*, despi o manto, atirei com a coroa para um qualquer canto do palácio, e passados cinco minutos estava já bem acordada, na cozinha, a beber o leite para ir para a escola.

E nunca mais quis ser rainha de país nenhum, por muito que continuem a insistir comigo.

Capítulo 19

Este tempo maluco de ora faz sol ora faz chuva põe as pessoas diferentes cá em casa, começando pela Rosa, que de noite se farta de tossir e de chorar. Eu bem meto a cabeça debaixo dos lençóis, às vezes mesmo debaixo da almofada, mas não consigo deixar de ouvir. Levanta-se a mãe, levanta-se o pai, dão-lhe o xarope que o médico mandou, e depois ficam os dois para ali a olharem para ela sem saber que mais lhe hão-de fazer.

A mãe pensa em tudo que poderá causar aquele choro — fome, fralda molhada, que sei eu... — mas nunca é nada disso e a Rosa chora e tosse, tosse e chora, que os meus ouvidos já quase não aguentam e qualquer dia rebentam.

A verdade é que se eu tenho tosse, a mãe manda-me engolir uma enorme colher de xarope e começa logo a dizer:

— Se não tivesses comido o gelado quando estavas a transpirar já não tossias.

Ou então:

— São as vaidades de não quereres vestir casaco de manhã quando vais para a escola.

E não acorda de noite, nem se preocupa em saber se de noite a tosse continua ou não, nem vem para junto da minha cama olhar para mim como olha agora para a Rosa.

Bem sei que sou crescida e que, como tantas vezes me diz a avó Elisa, «se queres ser crescida para umas coisas, também tens de ser crescida para outras». Mas às vezes parece-me que não sou assim tanto como a minha mãe e o meu pai devem pensar.

Quando conto estas coisas à Rita, ela diz sempre:

— Deixa lá os teus pais mais a tua irmã e vamos mas é colar os cromos na caderneta, que daqui a pouco acabamos por perder alguns e estes últimos são muito difíceis de encontrar.

Como não quero dar parte de fraca, lá pego no frasco de cola e começo a pôr aquilo tudo em ordem. Mas as coisas continuam a remoer-me cá dentro da cabeça e, se não fosse um grito da Rita, acabava por colar a foca da Gronelândia no lugar do jacaré do Nilo...

Se a culpa é dos astronautas ou não, pouco me importa saber, mas a verdade é que este tempo assim esquisito, com Verão onde dantes era Inverno, e Inverno onde dantes era Verão, transtorna a cabeça. Gostava de saber se lá por baixo, nesses tais três metros de profundidade, também anda tudo como aqui por cima, e se tão depressa lá chega calor como frio. Quando o amigo do pai cá voltar tenho de lhe perguntar tudo isso.

É claro que, em anos normais, nesta altura andava já tudo a pensar nas férias. Mas tal palavra ainda não se ouviu este ano. Parece que ninguém pensa em tal coisa. A mãe diz que para o mês que vem tem de voltar a trabalhar, pois já gastou o tempo todo de férias que lhe dão para tratar do bebé. Aqui para nós, sempre gostava de saber quem é que pode chamar férias a este tempo de trabalho que a minha mãe tem tido, com a Rosa a chorar e a tossir, os montes de fraldas para lavar e engomar, os biberões a preparar de cinco em cinco horas, e ainda o resto do serviço da casa para fazer.

É verdade que a avó Elisa vem dar uma ajuda todos os dias, mas eu bem vejo como anda a minha mãe, e se isto são férias, vou ali já venho... Acho mesmo que a minha mãe quando voltar ao trabalho vai sentir um alívio enorme, quanto mais não seja por se ver livre disto durante umas horas. Se fosse comigo, era assim que eu sentia, mas a gente sabe lá o que pensam estas pessoas crescidas, que às vezes me parecem saber tudo, outras vezes me parecem não saber nada de nada.

O meu pai também não fala em férias e só diz que, por mais que estique o ordenado, cada vez o dinheiro é menos e maiores os meses. Penso que vou ter de ficar em casa, nariz encostado aos vidros das janelas, olhando os aviões que passam e pensar que sou eu que vou lá dentro, e que em poucas horas estou a aterrar num país desconhecido, igual àqueles onde vou em sonhos.

A avó Lídia contou-me um dia uma história (entremeada com aquele seu riso que nunca mais ouvi a ninguém desde que ela morreu) que sempre me pareceu aldrabice mas em que vou começando a acreditar agora.

Ela sempre afirmou que era verdade, que bem se lembrava de ter lido aquilo nos jornais.

Era um anúncio que dizia só isto:

«Por 2$50 ensinamos-lhe a maneira mais barata de viajar. Responder para este jornal.»

As pessoas respondiam e mandavam os vinte e cinco tostões pedidos pelo homem que pusera o anúncio. Ele gastava dez tostões num selo de carta — que era quanto custava um selo nessa altura — e respondia o mesmo a toda a gente:

«Lembre-se que a terra dá muitas voltas e que, sem saber, você percorre milhares de quilómetros por dia. Se gosta de vistas pitorescas, abra os vidros da sua janela e contemple o quadro esmagador do firmamento.»

O que a minha avó ria ao contar isto! Contava também que o homem tinha acabado por ser preso e condenado a pagar uma multa, o que eu acho que foi uma grande injustiça, pois sempre deu um bom conselho aos pobres que não podem ir de férias, como se calhar me vai acontecer este ano.

Por aquilo que estou a ver, também não me vai restar outra solução senão contemplar o quadro esmagador do firmamento...

Capítulo 20

Às vezes ponho-me a pensar no que aconteceria se, por exemplo, saísse uma lei qualquer a estabelecer que, a partir deste dia, as horas passavam a ter mais minutos, os dias mais horas, os meses mais dias, os anos mais meses, os séculos mais anos, e por aí fora. Ou então o que aconteceria se, de repente, a Terra parasse e deixasse de andar à volta do Sol. Acho que era possível que tudo fosse pelos ares, como num grande ciclone que eu vi uma vez no cinema. E quem tivesse dez anos, como eu, era já uma pessoa velhíssima, cheia de horas e meses enormes, sem quase caberem no calendário. Penso que os físicos e os cientistas devem saber estas coisas todas e entender tudo o que se passa. Entender até por que faz sol no Inverno e chuva no Verão. Entender por que estão as pessoas tão diferentes, que até a minha avó Elisa costuma dizer que anda tudo cheio de electricidade... Entender mesmo por que não pára a Rosa de tossir e eu me sinto tão infeliz com isto tudo.

Isto tudo.

Nem sei bem ao certo dizer o quê.

Isto tudo.

Dantes, há mais de um ano, quando a Rosa ainda não tinha nascido, as coisas eram bem melhores cá em casa. Eu chegava da escola, a avó Lídia arranjava-me sempre pão com queijo, e para ali ficávamos as duas a rir, ela a contar-me pela milionésima vez a história da Piriquinha e do Piriquinho, a quem uma madrasta malvada enganava e acabava por espetar um alfinete mesmo no cocuruto da cabeça. E a voz dela repetia a cantilena:

> *Piriquinha vai para a mestra*
> *Piriquinho para a lição*
> *Àquele que chegar primeiro*
> *Eu vou dar queijinho e pão*

A mim o que verdadeiramente me fazia aflição nesta história era a Piriquinha ir aprender costura e o Piriquinho ir aprender a ler. Mais do que os terríveis alfinetes espetados pela cabeça abaixo (a gente já sabia que a Piriquinha ia nascer outra vez no dia seguinte, com um enorme ramo de flores nos braços, por isso mais alfinete menos alfinete a desgraça não era grande), mais do que a malvada madrasta igual a todas que há nessas histórias, aborrecia-me aquela coisa de a rapariga ir passar o dia a fazer bainhas e remendos, e o rapaz ir para a escola aprender todas as coisas boas que na escola se aprendem, e brincar com os amigos, e jogar à bola, e voltar para casa de mãos nos bolsos, a assobiar...

A avó Lídia ria-se quando eu lhe dizia isto. Encolhia os ombros e só respondia:

— Que é que tu queres... As pessoas às vezes pensam que as mulheres foram feitas só para estarem em casa a tratar da roupa dos maridos e dos filhos, a fazer a comida, limpar o pó e mais nada. E dantes, aí por essas aldeias, ir à escola era quase um luxo. Por isso ainda hoje há tanta gente sem saber ler. Gente que de pequenino teve de ir trabalhar sem tempo para outra escola.

Eu comia o pão com queijo que ela me dava e sabia que, ao fim do dia, a mãe e o pai chegavam do escritório e tinham sempre tempo para conversarem comigo, e saberem como tinha corrido a escola e essas coisas todas. Às vezes o pai até tinha tempo para ver comigo a caderneta dos cromos que nessa altura se chamava «Povos de Todo o Mundo».

Hoje tudo está diferente.

A mãe passa o dia todo em casa mas parece ter muito menos tempo para mim do que quando só a via de manhã e à noite. A avó Lídia morreu, e a avó Elisa já não é a mesma coisa, e além disso nenhuma pessoa pode substituir outra pessoa. Já ninguém fala só em mim, mas em mim e na Rosa. Já não dizem «tu», dizem «vocês». De repente, sem dar por isso, deixei de ser «eu» para me tornar em «nós», e isso ainda não entra bem na minha cabeça. Dividir com a Rosa os objectos, o espaço da casa, o tempo, as pessoas, é coisa a que ainda não me habituei.

Por isso fico contente por ela não conhecer a avó Lídia, não ir ouvir as suas histórias, não ir comer pão com queijo arranjado por suas mãos. Assim eu nunca terei de dividir a avó Lídia com ela. Por isso não quis que tivesse o seu nome. Para que a avó me pertencesse só a mim. Tal como a *Zica*, com a pintura preta a cair da cara e a carapinha cheia de traça, mas ainda e sempre a boneca que enche o meu coração inteiro.

Isto anda tudo tão diferente...

Isto anda tudo tão diferente que chego a pensar se não terá a Terra subitamente deixado de andar à volta do Sol sem ninguém ainda ter dado por isso.

Capítulo 21

Na janela em frente da janela do meu quarto, no prédio do lado de lá da rua, a minha vizinha cose à máquina. Através da sua varanda consigo ver tudo o que lá se passa.

De cada vez que olho para ela, vejo-a debruçada na máquina, a pedalar, com montes de roupa ao seu lado. Quando vou para a cama ainda ela fica naquilo, sem tempo sequer para vir à varanda, olhar cá para fora, respirar.

Nem sequer sei como ela se chama. Agora reparo que, nestes anos todos, ainda nem sequer a vi de pé. Sempre sentada, sempre curvada naquela máquina. Olho para ela todos os dias e tenho a certeza de que ela nem dá por mim, nem sabe que eu existo, que moro a poucos passos da sua casa, que talvez pudesse ser sua amiga, quem sabe se não teremos até o mesmo nome? Penso que se desse um grito da minha janela ela iria ouvi-lo lá onde está, mesmo com o ruído da máquina de costura. Mas a verdade é que eu nunca gritei por ela. Nem ela por mim.

Acho estranho tudo isto.

Como se explica que eu saiba tanta coisa dos romanos, e dos mouros, e não saiba nada da minha vizinha?!

Como se explica que eu saiba quantas toneladas pesava a espada do D. Afonso Henriques e não saiba quanto pesa a máquina de costura da minha vizinha?!

Como se explica que eu saiba como viveram as pessoas há milhares de anos e não saiba como vive a minha vizinha?!

Como se explica que eu saiba que Isabel era o nome da mulher de D. Dinis e não saiba nem o nome da minha vizinha?!

Olho às vezes para as janelas dos prédios da minha rua e fico a pensar que não sei nada de quem lá vive, que não sei nada do que se passa ao pé de mim, todos os dias. Parece-me que as janelas dos prédios são assim uma espécie de gavetas de um móvel muito grande de que se perdeu a chave.

Dantes não devia ser assim, senão como saberíamos tantas coisas de gente que viveu há milhares de anos?

Quando fizemos uma visita de estudo a Conímbriga, o Pedro ensinou-nos muita coisa.

Que até um qualquer bocadinho de loiça nos pode dizer quando se construiu uma casa ou quando ela foi destruída, ou se teria sido edificada sobre outra, alguns anos mais antiga do que ela. E nós andávamos por aqueles caminhos e sabíamos que por eles também já tinham andado lusitanos e romanos há mais de dois mil anos. E que naquele sítio de que agora pouco restava tinha vivido gente como nós durante trezentos anos seguidos. E que para a defender dos inimigos se destruíram monumentos, palácios e estátuas, e com essas pedras se construiu uma grande muralha de defesa, até que mais tarde foi possível outra vez reconstruir a cidade.

Mas, como nos explicou o Pedro, já na escola, nada voltou a ser como tinha sido. E muitos povos inimigos vieram ocupar a cidade. E de cada vez ela ia ficando mais pobre, até que as pessoas não tiveram outro remédio senão procurar outro sítio para viver longe dali, e Conímbriga ficou a parecer-se cada vez mais com um deserto, onde a terra se amontoava e as silvas iam crescendo.

Íamos atravessando aqueles estreitos caminhos e pensávamos como era possível que ali mesmo tivesse havido lojas, e tendas, e gente a conversar e discutir preços, como hoje a minha mãe faz nas lojas onde entra. Como era possível que por ali tivessem corrido crianças a jogar à cabra-cega, e quem sabe se também a pensar como teria sido a vida antes delas...

Daqui a dois mil anos as pessoas que então viverem saberão alguma coisa de nós? Alguém poderá saber como viviam as pessoas da minha rua, saber as lojas que ela tem, e o sítio exacto onde está o hospital, a tabacaria do Sr. João, o café, a igreja, a farmácia, o supermercado, o lugar da fruta do Sr. Lopes, o quartel, o cinema, a livraria, a escola? Daqui a dois mil anos alguém irá saber que a minha vizinha passou a vida inteira agarrada à máquina de costura, sem tempo para vir à varanda, para olhar cá para fora, para respirar?

Tenho de falar sobre tudo isto com a Rosa, assim que ela crescer, e depois com os meus filhos. E com os meus netos. E estes com os filhos e os netos que um dia tiverem. Para que ninguém esqueça nada. Para que daqui a dois mil anos as pessoas todas saibam que o *Zarolho* foi o peixe mais importante que nadou nas águas do meu bairro.

Capítulo 22

Acordei de repente com a luz do relâmpago a entrar pelos meus olhos dentro e o barulho da trovoada logo a seguir.

A Rosa chorava e tossia.

Levantei-me e corri para o quarto dos meus pais. Eu não quero com isto dizer que tenho medo das trovoadas — que eu não tenho medo de nada e ninguém nos vai matar, como dizia a avó Lídia. Mas nestas alturas dá-me sempre vontade de ter gente ao pé de mim, de não ficar sozinha.

Os meus pais estavam acordados e tentavam acalmar a minha irmã.

— Nunca a vi assim — dizia a minha mãe, com ela ao colo. — Devem ser dores de ouvidos. E esta tosse que não pára, vai dar cabo dela!

Naquele momento percebi que as dores de ouvidos e a tosse da Rosa eram a maior tempestade daquela casa, e que os meus pais quase nem davam pelo que se estava a passar para lá do vidro das janelas. Ainda tentei conversar:

— Esta trovoada...

Mas logo me interromperam:

— Vê lá se tens medo das trovoadas! Vai mas é para a cama para não te constipares, e além disso amanhã é dia de escola e depois é um sarilho para acordares.

Corri a meter-me na cama, assim com uma espécie de nó na garganta, que eu nem sabia se me apetecia chorar se me aptecia beber água. Tal como naquela noite em que a Rosa nasceu e eu fui dormir para casa da avó Elisa, onde descobri que tudo me faltava: o colchão rijo, a voz do pai, as mãos da mãe a entalar a roupa.

Só agora era tudo diferente. Agora tudo estava ali mas era como se não estivesse. A minha mãe estava no quarto ao lado mas era como se estivesse perdida nos confins do mundo. O colchão era o meu, mas era como se de repente eu o sentisse estranho, a magoar-me o corpo, a não me deixar dormir.

Comecei a pensar que a pobre princesa do grão de ervilha se devia ter sentido assim como eu, e isso fez-me ficar melhor, sempre era uma companhia para os meus males.

Fui buscar a *Zica* para a minha cama, coisa que a mãe não quer que eu faça porque — diz ela — «a *Zica* larga sumaúma e cabelos por toda a parte». Se largar, larga na minha cama, ninguém tem nada com isso, se alguém ficar com comichões sou eu. E só não vou buscar o *Zarolho* porque o aquário é pesado e podia entornar a água toda. Mas só a *Zica* e o *Zarolho* é que, neste momento, não estão preocupados com a minha irmã. Só eles parecem lembrar-se que eu também existo. E também tenho tosse. E às vezes também me doem os ouvidos. E preciso de falar com pessoas, sobretudo em noites de relâmpagos e trovoadas.

— Quando tiver uma filha nunca me hei-de esquecer destas coisas e hei-de ser a melhor mãe do mundo — isto foi o que eu disse à Rita.

— Hás-de, hás-de... — riu-se ela. — Se calhar tu achas que a tua mãe e a minha também não pensavam assim como tu quando tinham a nosssa idade? O pior é que depois cresceram e esqueceram-se. E se calhar nós também vamos fazer a mesma coisa!...

— Não vou nada! Faz tu, se quiseres. Eu cá não faço!

Fiquei muito ofendida com a Rita e a pensar na pouca sorte que vão ter os pobres dos filhos dela quando nascerem... Cá por mim, acho que nunca vou mandar os meus filhos cedo para a cama, hei-de encher-lhes a barriga de chocolates, gelados e batatas fritas, e depois se adoecerem a culpa é deles.

É claro que eu sei que isto são disparates, e que se não fosse a trovoada e a tosse da Rosa eu não pensava desta maneira. E também sei que a minha mãe e o meu pai não eram assim antes do nascimento da minha irmã.

Mas como posso explicar-lhes isto se eles nunca têm tempo para mim?

E fazem mal, porque bem precisavam de ouvir umas certas verdades que eu tenho engasgadas para lhes dizer.

Que isto é assim mesmo: se não formos nós a educar os nossos pais, quem é que os educa? Se não formos nós a ensinar-lhes certas coisas, quem é que os ensina?

Meu Deus, como os meus pais estão necessitados de lições minhas!

Meus Deus, como os meus pais precisavam de ser meus filhos!

Capítulo 23

Logo que a Margarida avisou, já dentro da carrinha, que eu ficava em casa da avó Elisa, percebi que havia qualquer coisa de estranho em tudo aquilo, que alguma coisa não estava bem.

Mas ninguém me sabia explicar fosse o que fosse.

— Foi o Pedro que me deu o recado — dizia a Margarida.

E jurava a pés juntos que não sabia mais do que isso: eu ia ficar em casa da avó Elisa e não na minha, como sempre acontece.

Eu gosto da avó Elisa, mas não sei porquê a casa dela está sempre ligada a coisas desagradáveis. A casa não tem culpa, eu sei. Mas é sempre para lá que me mandam quando alguém morre, como aconteceu no ano passado com a avó Lídia. E foi para lá que me mandaram quando a minha mãe foi operada. E quando a Rosa nasceu.

A casa da avó Elisa é sempre um lugar para onde entro triste. Se a tristeza tivesse cheiro, acho que tinha o cheiro das paredes da casa da avó Elisa.

Cheiro que não tem nada a ver com humidade ou bafio, como as paredes da casa da tia Magda. Aí é diferente. Aí penso que tudo (e não apenas as paredes) cheira a um tempo vazio, mal aproveitado, tempo guardado para coisas e pessoas que nunca hão-de chegar, e por quem a tia Magda vai esperar sempre e sempre mais.

Penso em tudo isto enquanto a carrinha vai andando, atravessando ruas, parando nos sinais vermelhos e nos cruzamentos. Volto a insistir com a Margarida:

— Mas o Pedro não te disse mesmo mais nada?

— Disse que não havia ninguém em sua casa e que por isso a gente tinha de a deixar à sua avó, que está à sua espera. Não disse mais nada.

Para me sossegar fez-me uma festa na cabeça e acrescentou:

— Vá lá, não faça dramas que não deve ter acontecido nada de especial.

Ainda esperei que dissesse: «e a gente só dá valor quando nos toca a nós». Mas não. Conversava já com o Luís Miguel, «despache-se a pegar na pasta que estamos quase a chegar à sua porta». Em dias normais eu saio logo a seguir ao Luís Miguel, mas hoje a carrinha tem de dar uma volta maior para me deixar à porta da avó. Que deve estar cá em baixo, na rua, à minha espera. Como fazia a avó Lídia.

Mas agora eu já sou crescida, já não preciso que ninguém venha cá abaixo buscar-me. Como costuma dizer o meu pai, há muitas crianças mais novas do que eu que têm de caminhar quatro e cinco quilómetros sozinhas para chegarem à escola. Mesmo eu, para o ano, já vou a pé sozinha para a escola do ciclo, que nem fica longe da minha casa. Mas sempre tenho a companhia da Rita, que também para lá vai.

Gosto sempre de ter companhia quando ando na rua, para poder falar, rir, contar coisas, eu sei lá. A minha mãe um dia disse-me que eu falava pelos cotovelos. A primeira vez que a ouvi dizer isso desatei a rir, porque de repente comecei a ver como seriam os meus cotovelos com boca e dentes, quem sabe mesmo se com um dente de ouro como a tia Magda... Bocas a espirrar quando estivessem constipadas, e a tossir como a Rosa... Bocas mesmo a nascer nos cotovelos... Havia de ser engraçado...

Mas a verdade é que, com cotovelos e bocas ou sem elas, eu gosto muito de falar com as pessoas. Às vezes se estou muito tempo calada, parece-me que alguma coisa estala dentro de mim.

Ouvi um dia a minha prima Isaura contar à minha mãe que, de uma vez que lhe levaram o pai para a prisão e ela ficou sozinha em casa, sem ninguém com quem conversar durante dias e dias, noites e noites, ia sentar-se diante do espelho e ali ficava horas seguidas a falar com ela mesma, a fazer companhia a si própria.

Mas agora já não prendem as pessoas que lutam por bem, como neste tempo. Por isso não é essa a razão por que vou ficar a casa da minha avó Elisa. Também me parece que não está ninguém a morrer. E a minha mãe ainda não teve tempo de ter outro filho.

— Por que é que vamos hoje tão devagar? — pergunto.

Impressão minha, dizem.

Levamos a velocidade do costume, dizem.

Já saíram quase todos. A Margarida estende-me a pasta.

— Tome, já estou a ver a sua avó.

À esquina da rua, em frente da porta, a avó Elisa sorria para mim. E eu vi logo que não era um sorriso habitual mas sim uma maneira de não me assustar — aquela maneira que têm quase todos os crescidos, sem nunca entenderem que assim nos assustam ainda muito mais. Porque assim a gente fica a perceber que eles também têm medo como nós, e que talvez não sejam tão diferentes, nem tenham a certeza de tantas coisas como querem dar a entender.

Saltei da carrinha e corri para a avó.

— Que foi que aconteceu? Por que é que vim hoje para tua casa? Morreu alguém, avó? Quem foi que morreu? Diz, avó! Foi a mãe?

— Não digas disparates, Mariana! Mas que tolinha me saiu a minha neta! Vamos lá entrar e não digas mais tontices.

Fiquei mais calma, consegui suportar o elevador a chegar até ao quinto andar, devagar, devagar, e não fiz mais perguntas. Ninguém tinha morrido — isso, pelo menos, eu já sabia.

Capítulo 24

Mas não sabia o resto: que a minha irmã tinha sido levada de manhã para o hospital, e a mãe estava com ela.

A avó Elisa falava em pneumonia, e eu não sabia bem o que tal palavra queria dizer, palavra quase maior que a Rosa, mas entendia o bastante para perceber que era uma daquelas palavras que podem matar uma pessoa.

— A tosse não parava — dizia a avó Elisa. — A febre subiu aos 40 graus e começou a ter muita falta de ar. O Dr. Matos foi lá a casa e mandou-a logo para o hospital. O teu pai veio de lá há bocado, e diz que a puseram numa tenda de oxigénio para poder respirar.

A avó ia dizendo tudo isto muito devagar, de pé

no meio da cozinha, com grandes silêncios entre cada frase.

Eu sentia-me pouco à vontade, com a pasta da escola ainda na mão, sem saber o que dizer, nem sequer o que perguntar. Lembrava-me só de ter detestado a minha irmã por ela ter tossido durante toda a noite, sem me deixar dormir. Lembrava-me de ter detestado os meus pais por eles estarem preocupados só com ela. E agora a avó dizia-me que ela estava no hospital, e que havia três médicos à sua volta.

— A Rosa está muito doente, avó? — perguntei tão baixo que nem sei como ela ouviu e respondeu:

— Está, Mariana. Está muito doente.

E acrescentou logo a seguir, talvez com medo do que eu pudesse perguntar depois:

— O teu pai está lá dentro, vai ter com ele.

Vou até à sala, devagar.

Conto as pontas de cigarro no cinzeiro: um maço inteiro ali roído até ao filtro, num silêncio que faz mais barulho do que todas as trovoadas.

Penso que a Rosa pode morrer mas não lhe quero falar nisso. Nem lhe quero sequer fazer perguntas. Ia assustá--lo ainda mais, e eu acho que os filhos se inventaram para proteger os pais de todos os perigos, de todos os receios.

Por isso passo a mão pela sua cabeça e vou sentar-me ao pé dele a fazer fichas de matemática.

— O Pedro mandou dizer que isso vai bastante melhor — ouço a sua voz.

Tenta sorrir ao dizer isso, mas eu bem vejo como ele está longe, pensando na Rosa, como todos nós. E sei que aquelas palavras mais não foram do que um pretexto para quebrar o silêncio, para ver se por elas o tempo corria mais depressa.

Mas o tempo escorre devagar. Penso que deve ter sido agora que o calendário se modificou sem darmos por isso. Agora, neste preciso momento em que a minha irmã, meio metro de gente, tem uma tenda de oxigénio por sobre o seu corpo tão frágil, é que os dias devem ter começado a ter mais horas, e as horas mais minutos, e os minutos mais segundos.

Se a avó Lídia aqui estivesse, tenho a certeza de que havia de se lembrar de qualquer história para nos contar, em que houvesse alguém ainda mais doente do que a Rosa, que saísse feliz e contente do hospital alguns dias depois.

Mas eu só me lembro de histórias tristes, e sobretudo da raiva que tive à tosse da minha irmã, e vem-me aquela vontade de chorar que parece nascer na ponta dos pés e subir pelo corpo todo, quando penso como é fácil voltar à vida nas histórias, mesmo que uma madrasta terrível nos espete um alfinete pela cabeça abaixo ou nos faça engolir maçãs envenenadas.

A avó Elisa vem da cozinha, entra na sala e tenta animar como pode.

— Ninguém quer ouvir o folhetim?

A avó Elisa ouve todos os dias o folhetim da rádio e quando tem tempo vai-me contando a história. Às vezes não tem graça nenhuma e, além disso, ela baralha um pouco os nomes das personagens e eu fico sem perceber nada. Mas digo-lhe sempre que estou a gostar muito, que o folhetim é muito interessante, e sobretudo muito melhor do que o anterior. Porque, para a avó Elisa, cada folhetim que começa é sempre melhor do que o que terminou.

Mas eu sabia que não eram horas do folhetim, e que aquilo era só para ver se eu acendia a telefonia e o ambiente não ficava tão pesado.

Talvez tivesse razão. Levantei-me e carreguei no botão. Algumas palavras, poucas. E, de repente, a música.

>*«Ó minha rosa encarnada,*
>*mesmo à beirinha do tanque...»*

Ficámos os três a olhar uns para os outros, daquela maneira que a gente tem quando não está a olhar para ninguém, nem para nenhum lado. O pai abriu outro maço de cigarros. A avó ia protestar (sei mesmo o que diria: «não fumes mais, que te faz tanto mal!»), mas não teve coragem de falar.

>*«...dá-lhe o sol, dá-lhe a geada,*
>*cada vez está mais brilhante»*

Volto a pegar nas fichas para disfarçar nem eu sei bem o quê. Mas como posso eu pensar em conjuntos se este conjunto que somos nós em casa está incompleto? Alguém entrou nele e dele tirou a Rosa. E assim o conjunto ficou imperfeito, sem um dos seus elementos, e a ficha ficou errada.

E se a Rosa não voltar para dentro do conjunto a que pertence, nunca mais acredito na matemática.

Capítulo 25

Nunca pensei que a minha casa pudesse ficar assim vazia, assim tão cheia de nenhum barulho. A não ser nestes últimos dias, a Rosa não fazia muito barulho: às vezes eu estava a ler, a colar cromos ou a brincar com a *Zica*, e nem me lembrava dela. E agora que ela cá não está é que eu vejo como ela, afinal, enchia esta casa toda, e como isso era bom.

Se abro uma gaveta é certo que de lá salta uma fralda, um casaco, uma chucha, uma roca. E é estranho tudo estar nos mesmos sítios menos a Rosa. Se ela morrer, quem é que vai enterrar todas estas coisas que são dela, e que só não morrem também porque as coisas não morrem nunca? As coisas vão-se gastando, perdendo, eu sei lá... Talvez que daqui a dois mil anos alguém encontre esta roca da minha irmã e saiba que ela existiu. Daqui a dois mil anos só algumas destas coisas poderão explicar que estivemos aqui neste sítio, e aqui vivemos estes anos todos.

O meu pai não quis que ficássemos mais dias em casa da avó Elisa, e voltámos para nossa casa. Mas não sei o que me parece o silêncio da cozinha sem a mãe de volta com os biberões, a lavá-los, a fervê-los, a enchê-los de leite, e novamente a lavá-los e a fervê-los, tantas vezes por dia. Não sei o que me parecem as sete horas da tarde sem a confusão de sempre: o pai a chegar, a mesa posta, o jantar, os telefonemas, o banho da Rosa.

Agora há apenas um grande silêncio em volta de todos os objectos, como se quase tivéssemos medo de falar alto e acordar sabe-se lá que fadas...

A mãe está no hospital com a Rosa, o pai chega tarde, e a avó Elisa faz-me engolir na cozinha o jantar que trouxe de sua casa e que não me apetece. As pessoas telefonam, mas desta vez a avó Elisa não responde «correu tudo bem», como há três meses. Agora encolhe os ombros, leva a mão aos olhos e diz só:

— Ainda não sabemos nada... O médico diz que o pior são estes cinco primeiros dias...

A tia Magda, como sempre, quer responsabilizar toda a gente pelo que aconteceu. Para ela, «foi uma corrente de ar depois do banho», ou «era a menina que andava mal alimentada e sem vitaminas».

E também, como é hábito, acaba sempre por dizer:
— Eu bem vos tinha prevenido.

Volto a pensar que se isto acontecesse nas histórias não havia qualquer problema. Mesmo que a pneumonia da Rosa fosse obra de fada má, logo apareceriam meia dúzia de fadas boas e ela ficaria curada. E já havia de estar em casa, e eu a fazer-lhe festas, a única maneira de lhe dar a entender que gosto dela, e que ela pertence à minha família, e que não hei-de querer que ela morra nunca.

Mas fadas, só as há nos livros e mesmo assim nem em todos. E neste momento acredito mais nos três médicos que tratam da minha irmã do que em todas as fadas do mundo, mesmo que viesse uma lei que as obrigasse a existir de verdade.

Ouço meterem a chave à porta, e depois a voz do pai que chama por mim e pela avó Elisa. Senta-me nos joelhos e diz:

— A Rosa está melhor! A Rosa vai ficar boa! Para a semana já vem para casa.

Abraço-o muito e só consigo repetir:

— A Rosa vai ficar boa... A Rosa não vai morrer...

A avó Elisa corre para o telefone a espalhar a notícia.

Continuo sentada ao colo do pai, sem dizer nada. Ele também não fala, mas passa a mão pelo meu cabelo, como eu gosto que ele faça e como ele há tanto tempo não fazia. Acho que assim que a Rosa vier para casa tudo vai ser muito melhor do que era dantes, no tempo em que a «menina» era eu e ela não existia ainda sequer no nosso pensamento.

— Pai...
— Que é?
— Sabes o que eu descobri?

— Não, diz lá.

— Descobri que a Rosa é minha irmã, que a Rosa é da minha família, como o rouxinol que aqui vem cantar no Verão...

O pai não se riu nem disse «que disparate!», como eu cheguei a temer. Ficou calado muito tempo. E depois:

— Mariana...

— Que é?

— Nós temos andado muito preocupados e cansados e por isso não te temos dado muita atenção, não é? Eu sei que tu dantes conversavas muito comigo e com a mãe, que passeávamos aos domingos e que havia sempre tempo para estarmos ao pé de ti. Não te tenho dito nada, mas também noto que tu andas aborrecida. E a mãe também sabe. Ainda há bocado, lá no hospital, falámos nisso. Mas agora que a Rosa vai ficar boa e vai voltar para casa, prometo que as coisas vão ser diferentes. Até já sei uma novidade...

— Uma novidade? Diz lá já o que é!

— Assim que a Rosa estiver mesmo boa e não precisar de tomar o biberão à meia-noite, a mãe vai passar a cama dela para o teu quarto.

De repente achei-me com cara de tia Magda a dizer «que grande responsabilidade»... Mas travei a tempo. Disse apenas:

— Que bom, pai!

E ele percebeu que eu estava mesmo a falar a sério e que me sentia feliz por ir ter a minha irmã a dormir a meu lado. Com a *Zica*, o *Zarolho*, a caderneta de cromos e os livros, o meu quarto ficava uma família completa.

Aquela família que a tia Magda não pode entender

que exista. Mas a tia Magda já eu não posso educar. Já é tarde de mais. Foi pena ela não ter casado, não ter tido filhos. Havia de estar agora muito diferente do que está.

Porque nós fazemos muita falta aos nossos pais, mesmo que eles não o reconheçam. Mesmo que eles pensem que os crescidos são eles. E que os crescidos é que sabem a verdade de todas as coisas.

Capítulo 26

Acordar de manhã mais contente do que o rouxinol que canta desde o princípio do Verão na árvore em frente da janela do meu quarto.

Ficar mais um momento na cama porque não há escola e a minha irmã não tarda.

Olhar pelas tirinhas do estore mal fechado e imaginar o dia de sol que anda lá por fora.

Esperar que, ao menos hoje, a minha vizinha não esteja dobrada sobre a máquina de costura, com montes de roupa ao seu lado.

Contar os minutos e os segundos que faltam para a Rosa entrar em casa. Escutar os ruídos do elevador em movimento e acreditar sempre que é ela finalmente.

Pensar, pela primeira vez, que tenho pena que a avó Lídia não vá pegar na minha irmã ao colo, contar-lhe histórias, rir para ela, dar-lhe um dia pão e queijo à chegada da escola. Pena de não lhe poder dar hoje a avó de presente.

Sonhar todos os países onde hei-de ir com ela. E ter mais força para enfrentar os primeiros-ministros aborrecidos que não querem obedecer às minhas ordens. Só porque a partir de agora eu já não estou sozinha, e é bom não estar sozinha nunca mais.

Recordar o amigo que um dia me disse: «Tudo é importante para o equilíbrio da nossa vida.»

Ouvir mais uma vez o ruído do elevador. Desta vez o ruído certo.

Contar os segundos.

Ouvir a campainha.

A chave que se mete na fechadura.

A porta que se abre.

Rosa.

Rosa, minha irmã Rosa.

De «Rosa, Minha Irmã Rosa» a «Lote 12, 2.º Frente»

...É evidente que a vida das personagens não termina só porque o autor decidiu, a determinada altura, pôr um ponto final na história que estava a contar.

É por isso que, também aqui, a vida de todas estas personagens continua o seu ritmo habitual. Mariana irá para uma escola do ciclo preparatório, onde conhecerá mais amigos e onde é posta em contacto com uma realidade um pouco menos cor-de-rosa do que aquela que até então conhecera; a Rosa vai crescendo e enchendo as paredes de desenhos que os outros não entendem; o *Zarolho* continua a nadar no seu aquário; as colecções de cromos são talvez um pouco postas de lado em favor de outras distracções — mas sobretudo um facto vem transformar a vida de todos: a mudança para uma nova casa. Uma casa perdida num desses dormitórios de Lisboa, um lote encaixado numa rua projectada a uma praceta que nem nome tem, onde as pessoas não se conhecem e quase nem se vêem umas às outras.

É nesse novo contexto que a vida dos nossos amigos vai agora procurar desenvolver-se. O mesmo é dizer, procurar criar laços, lançar raízes.

Tarefa difícil, ao princípio. Por isso Mariana escreve: «Esta casa não cheira a gente. Cheira a cimento fresco, a tinta deitada há pouco, ao pó dos andaimes retirados há dias. Cheira sobretudo a vazio. E não há cheiro pior para uma casa, ainda por cima quando ela vai ser nossa para sempre. [...] É preciso encher esta casa, depressa. É preciso que as paredes não sejam tão brancas. É preciso encontrar sempre alguma coisa quando se enterra as mãos pelas almofadas dos sofás. É preciso vestir de nós esta casa. É preciso que o pai desarrume depressa o escritório para começar a saber onde estão todos os papéis que agora não encontra. [...] É preciso dar gente a esta casa.»

E a gente vai aparecendo: na escola, nas reuniões da comissão de moradores encarregada de escolher nome para a rua, nas novas lojas que abrem, etc. E há-de surgir a Susana, de caracóis e vestido de organza em dias de festa; e o vizinho que resmunga diante da comida esturrada; e o Jorge um dia expulso da escola; e a professora de medalhão de coral na gola da blusa; e o Sr. Guerreiro, reformado, que conserta canos, desentope as pias, põe tomadas, arranja telefones, acerta relógios, coloca alcatifas, repara estores, pinta mobílias e faz açorda de coentros, para além de, nas horas vagas, tocar violino e ler Camões.

E assim a casa vai adquirindo a sua vida própria ou, como diria a Mariana, os seus cheiros.

E quando chega o Natal, pode dizer-se que ela já faz parte da família.